청어詩人選 377

노을길을
거닐면서

옥진상 시집

청어

노을길을 거닐면서

옥진상 지음

발행처	도서출판 **청어**
발행인	이영철
영업	이동호
홍보	천성래
기획	남기환
편집	방세화
디자인	이수빈 ∣ 김영은
제작이사	공병한
인쇄	두리터

등록　1999년 5월 3일
　　　(제321-3210000251001999000063호)

1판 1쇄 발행　2023년 2월 20일

주소　서울특별시 서초구 남부순환로 364길 8-15 동일빌딩 2층
대표전화　02-586-0477
팩시밀리　0303-0942-0478
홈페이지　www.chungeobook.com
E-mail　ppi20@hanmail.net
ISBN　979-11-6855-127-5(03810)

시인의 말

언제나 시작이고 싶은 마음에서 글을 쓰고 있다.
팔십을 넘어 90을 바라보는 노시인은 살아온 삶을 세상과
마주한 낙서들의 씨앗을 정리 정돈한 시말을 모은 1,000여
수의 시 중에 엄선하여 만든 시책을 내놓습니다.

기러기 울고 간 애증의 강가에서 휘청거리는 세월에 정신
적 단맛을 울어낸 과즙의 언어들을 모았다 삶에 세월의 풍
경을 비유와 은유로 이미지를 일상 체험의 언어를 시적 조
화로 이루어낸 신선한 맛을 내게 했다 시를 쓰기 시작한 지
30년, 내 살아온 세월의 3분의 1 세상과 충돌한 다양한 낙
서들을 모은 세월의 풍경을 그린 이야기입니다.

우리의 삶도 순간순간에 이름이 있듯이, 내 삶의 한순간을
정리 정돈하여 여섯 번째 시집 『노을길을 거닐면서』를 내놓
았습니다. 나의 시, 글, 노래가 독자의 가슴에 공감하게 하
고 휴식과 위안이 되길 바랍니다.

옥진상

차례

7부
시는 나의 전부다

1부

세월은 봄을 그리워하며

봄의 서정 노루귀

땅속 깊은 곳에
낙엽 이불 덥고 기다린 노루귀
겨울 햇살이 와서
노루귀에 천생의 봄 소리를 연다
하얀 달빛 꽃잎 내려
귀 쫑긋 세운 노루기 꽃
그리움으로 지핀 노루귀 속눈썹이 핀다
일곱 꽃잎 봉오리
불어오는 봄바람에도
비탈 바람길 오르다 허리 굽혔다
하염없이 바라보는 달빛
기다림에 고개 내민
순결한 하얀 속마음 풀어내고
간밤 꿈속에 다녀가신 듯
등이 굽어 오신 노루귀
일어설 수 없는 외로움이여
보고파 등불 환히 밝히고
달빛 숨소리 들으며
노루귀 꽃잎 문을 열어
노루귀꽃 홀로 사랑 봄의 서정이다

봄의 기별이

허공엔 겨울 그리움
마음길이 봄길로 들어서니
봄의 솔솔바람 소리
봄 향기 기다려지는 기별은 봄날이다

헐벗은 가슴에서
기쁨을 몰고 온 하루가
꽃바람에 취해 눈을 틔우고
하늘빛 내린 강물에 비늘구름 춤춘다

홍매화 옹이진 가슴에도
땅속 깊은 곳에서부터 싹을 틔우고
푸른 새싹 봄 향기 서려와
봄빛 내리는 상념에 젖어 들었다

꽃샘바람 타고 오는 봄
봄 햇살 눈물로 맞아
마음 길 봄 길로 돌아가
한겨울 움츠린 가슴 쓰려 봄을 맞는다

가슴에 한줄기 봄바람이

봄이 오는 길목에
훈훈한 빛살이 서성거리고
황폐한 가슴 꽃을 피워서
따사로운 자리 앞을 막고 섰다
선암사 야외식물원을 돌아 한 바퀴
파란 새싹 꼬투리 틀고
양지바른 산등성 노루귀꽃이
가랑잎 안에서 해를 보고 방긋 인사한다
선홍빛 발산하는 겨울 장미
저 정열을 주체할 수 없었든지
시공을 초월한 저녁노을처럼 붉다
산봉우리 아래 하얀 눈썹달
꿈길 다녀가신 듯
곱게 물이 들어 습해진 애모의 바람이 분다
뒤따르던 산봉우리서 불어오는 바람
허기진 침묵에 봄 햇살 띄우고
가슴으로 울어 보낸 뒷모습이 아련하여
오늘이란 세월 속의 시간은
해변의 몽돌밭 구르듯
내 머리에는 썰물 같은 회전이
그렇게 속절없이 아득히 멀어져 갔다
해 넘는 과정은 너무 먼 길
금시 해가 지더라도
통도사의 불교 역사적 사적은
봄날이 숨 쉬듯 연연히 도도하게 흘러가리라

내 말씨가 사랑이다

좋은 마음은
좋은 말을 태어나게 하고
말은 씨가 되어
좋은 열매는 좋은 대로
나쁜 말의 열매를 맺기도 한다
좋은 글은
좋은 말을 만들고
따뜻이 손잡아주니
천사 같은 마음은 비타민
마음 전하는 손길은 말의 씨입니다
웃음을 주면
벚꽃같이 활짝 피어나고
시련 깊은 날들 더 푸르듯
사랑하며 살아가는 자신감이 생겨
변화를 가져주는 사랑의 천사
노을길 붉은 속살은 사랑길 말씨다

봄 햇살이 머무는 자리

나직이 무릎 꿇어
스스로 가슴을 내어주는 햇살
창가에서 들어와
얇아진 내 손바닥에 머물고
내 젊은 날의 시간
서럽게 껴입은 세월의 나이테만 늘어만 간다
일렁이는 바람에
사랑의 숨결 같은 햇살이
잔잔한 마음에 해일이 일어
떠나고픈 마음
봄 햇살에 내 마음이 녹아들었다
햇살에 반사된 내 얼굴
감출 수 없는 그리움
햇살 되어 눈물 날리는 날이다
아름다운 빛살이 머문 자리
마음은 햇살에 녹아들어
소월처럼 진달래 꺾지 않으시고
하늘에서 오는 길
흰옷 다져 입고 바라만 본다

달콤한 사랑과 그리움

지난 세월의 시간은
아련히 떠오르는 그리움
석류 알 같은 별빛 사랑
신선한 청량제의 달콤한 사랑이다

따스한 눈빛으로
메마른 가슴에 그리움 지피니
손짓하는 추억의 세월
노을 따라 사랑한 시절이 새롭다

아파한 세월의 그리움은
썰물 같이 떠밀려오지만
달빛도 별빛도 아닌 것이
하나 되지 못한 그리움의 세월이다

저녁노을에 붉게 피는 사랑
가슴에 잇닿은 뜨거운 열기
숨 가쁘게 견뎌온 세월
달콤한 그리움은 낱낱이 알아 남을 세월이다

호수에 핀 백연

진흙 늪에서 몸을 담가다가
물속에서 자라 피는 연꽃
사랑으로 불 밝힌 너의 육신
햇살 머무는 곳으로 고개를 돌렸다

너의 터질듯한 젖가슴
심야에 이슬 구르고 피어나
향긋이 부는 바람 속에
세상을 부르는 꽃 흔들어 수줍게 핀다

흙탕물에 발 담그고
흡입한 물 청수로 정화한
너의 가르침에 진리는
우주를 채우고 꽃불 밝힌 두 손 합장이다

가슴 태우며 눈물로 흐린 사랑
묵언의 수행으로 정순한 꽃
발버둥 치는 우주의 진리여
해맑은 물안개 피는 새벽이 오게 합니다

인생의 여로(旅路)

바람처럼 물처럼
흘러가는 세월 속에
눈빛 하나에 마음을 읽어가며

빨갛게 익어가는 사랑
그 사랑 예쁜 책갈피에 끼워놓고
강물 같은 세월을 살아가고 있다

수많은 사람과의
인연을 맺고 살아오면서
그동안 기쁨과 슬픔을
이별하고 사랑하여
용서하고 베풀며 살아왔지만

기쁨과 절망의 터널을 지나면서
고난의 언덕을 넘으면서
삶의 지혜와 보람의 나이테가 쌓여만 갔다

지금까지 살아온 내 인생
인제 와서 삶의 존재 가치가
성숙해지는 여정의 길에
고마운 당신과 나는
인생 여행길에 함께하는 마음이 고마움이다

봄 향기 솔솔

깨끗이 씻은 듯
돋아나는 새싹 푸르고
목련 진달래 개나리
봄바람 향기 피어 나르고
여리고 수줍은 꽃잎에
머물다 가는 햇살이
꽃잎에 맺힌 이슬 그리움
불어오는 소슬 봄바람에
훈훈한 사랑을 느끼게 하는데
설렘과 그리움의 하늘
푸른 봄날은 싣고 하늘을 채운다
보일 듯 말 듯
소리 없이 오는 봄
웃음 같은 봄 향기 피고
그리움으로 맞잡은 마음은
빈 가지가 잎 돋게 하여
연초록 봄을 실은 새날 연두 길이 펼치다

호수의 매화꽃 예찬

돌아온 봄, 매화꽃 가지는
선비의 사군자 예찬이듯
절제와 품위를 겸비한 꽃들이
가지 끝까지에 당당히 피고 있다
여인의 향기 같아
터질듯 감도는 유혹이 향기
아무리 아름답다고 하여도
한때의 봄꽃은 무르익으면 지게 마련
매화를 바라보는 마음
내 젊음을 바라보듯 애절하고 슬프다
낙화의 죽음 같은 꽃잎
뛰는 가슴 마음을 훔치고
간직한 사모의 매화
젊을 때 소망한 추억 속에
유월의 신부처럼 하사하고
솟구치는 봄의 향기
순결함에 낙화 꽃잎이 아련하다
봄을 길어 올린
금 새파란 연초록 이파리
선물 같은 봄의 풍경이 푸르게 핀다

새해의 기도

새해 새 태양이 밝아와
밝아오는 새해 아침
우리가 모두 웃는 새해가 되자
달려오는 새해
우리 힘찬 희망의 새해
가슴엔 해를 안고
절망하지 않고
신뢰와 용기로 나아가는
밝고 맑게 살아가는 새해를 맞자
아침의 새벽을 열고
꽃바람 향기 날리는 아침
연초록 봄날 새 희망의 꽃을 피우자
파릇한 미나리 싹
봄날은 꿈을 꾸듯이
햇살이 따사로워
평화와 용서 화해가 있는 새해가 되자
새롭게 이어지는 새해
기쁨의 새해 되시고
사랑과 행복이 흐르는
새해 새 희망의 꽃을 피우게 하자

인생 마지막 노정(路程)

인생의 마지막은
아무도 모르고 살아가는 세월에
젊었을 때의 계절
늙어지면 희미할세라
얼굴도 모를세라
숟가락 놓을세라
오호라
백 년인 줄 알았는데
그렇게 총명한 정신 줄
애지중지 자식의 얼굴도 희미하여
정신 줄 캄캄하여 놓을세라
불상 타고 원통 타고
인생의 말로가 이런 것을
몸부림인들 무엇 하리
오호라 원통하도다
통곡한들 뭣 하리
이 원통 풀일 길 없어도
세상사 다 놓아두니
이렇게 편한 세상을 가게 되는 것
오호라
생(生) 마지막 노정(路程)
마지막 수저 통곡도 소용없다

흘러가는 나의 삶 속에

지나온 순간순간이
흐느끼듯 흘러간 세월
그리움이고 회한의 또 한해를 맞는다

소중한 우리의 시간 속에
각기 다른 길을 가는 인연들
저마다 새로운 길을 가고 있겠다

제각기 삶의 터전에서
새로운 인연과 살아가는 행복
노심초사 간절한 어머니 기도를 보낸다

잘난 사람도 못난 사람도
오늘을 살아가는 삶 속에
그리움이 나부끼는 기억 속에 하얀 미소다

내가 가는 길 달님도 별님도
한 자락 흘러가는 삶의 풍경
꿈과 희망은 흘러가는 삶의 자락이다

봄 햇살이 머무는 자리

나직이 무릎 꿇어
스스로 가슴을 내어주는 햇살
창가에서 들어와
얇은 내 손바닥에 머물고
내 젊은 날의 시간
세월이 껴입은 나이테만 늘어간다
일렁이는 바람에
숨결 같은 사랑의 햇살이
뜨거운 가슴 부풀어 놓고
꿈을 향한 내 세월에
내 마음이 봄 햇살처럼 녹아들었다
햇살에 반사된 내 얼굴
감출 수 없는 그리움
봄 햇살 머무는 자리 눈물 꽃이 피었습니다
백주에 피는 꽃
봄 햇살에 녹아든 마음
살아가는 삶의 시간이
아끼고 사랑하는 내 삶의 자리에
햇살이 물결처럼 일렁이는 자리입니다

삶과 죽음의 한계

살아있음이
있는 것도 없는 것도 아니다
달려가는 우리 인생
삶과 죽음의 경계에 있는 화두
누구나 예외일 수 없는 평등
흘러가는 세월의 그리움
또 다른 삶으로 가는 길일 수 있다
번뜩이는 사바의 창가에서
푸른 하늘 별꽃이 가득
달리던 인생 열차가 정지될 때
그리움에 나를 울린 미련의 세상을 이별하니
극락과 천당이 더 아프겠다
사무치는 삶의 미련에
세월을 공약하니
애증의 세월을 얼마나 인지
삭힐 건 삭히고 아물 건 다 아물어야 하겠다
발길에 차인 삶의 조각은
돌아오지 않을 세월
생의 끈을 잡은 어둠의 세월
당신의 세월도 돌아오지 않을 먼 길을
한번 가면 못 오는 길
어떻게 살아야 하는지를 화두 하나 얻어 가는 길에서……

봄을 손짓하는 호수

봄바람 부르는 손짓
그리움에 물결치는 호수의 빛살
한겨울에 얼어 마비된 곳이
하얀 햇살에 몸을 녹이는 오리
물에 담은 연꽃밭
원앙새 물까마귀 먹이 찾아 헤매고
끼리끼리 부르는 소리는
자기들 울부짖는 봄을 찾는 소리다
한나절 잿빛 햇살에
돌아누워 깃털 손짓하는 오리
봄 사랑 분홍빛 바람에
길게 내린 물안개 날리고
햇살에 정신 차려서
홍매화 옹이진 가지에
햇살 내린 가슴속에 매화꽃이 피고 진다
땅속에는 새움 꼬투리 틀고
나뭇가지에는 푸른 새움이 서려 있다
날마다 가까워지는 봄
봄 길로 들어선 호수에
봄날의 희망이 일고
새들은 날개깃털 속바람 펴서 날고
깜빡 졸던 매화꽃은 정신 차려 봄을 손짓한다

마음은 세월의 강이다

청아한 눈매에
금가루 뿌린 눈 부신 햇살이
물안개 띄운 강변에
끊임없이 세월 속으로 흘러간다
물 골짜기 타고 흘러
아픈 상처를 휘젓고
어루만지듯 지난 과거의 강은 흘러갔다
떠도는 인생길
잿빛 하늘 어디에도
번개 같은 섬광의 폭죽은
채워지지 않은 갈등에 세월의 강이다
바람 빠진 풍선이
알 수 없는 사랑의 강에
꾸부린 채 바람에 애무를 받는다
노을 지는 시간이면
산안개 신열로 떨고
숨 가쁘게 살아온 세월의 강은 흐르고
그리움이 뿌리 내려도
혼란스러운 마음의 강은
그리움에 몸부림치는 세월은
바람결에 실려 온 인연의 끈
해 저문 세월의 강가에
내 마음도 강물 같이 흘러간다

사월의 꽃길 위에서

꽃보다 아름다운 미소
가슴에 핀 미소가 더 사랑스럽습니다
온화한 맑은 미소
마음이 머무는 길 위에서
곱디고운 수줍은 듯 핀 꽃봉오리
봄의 풍경을 즐기는 사월 꽃길입니다
꽃으로 오래 살지 못하고
완강하게 입 다물게 하고
바쁜 걸음으로 겉잎만 날아 보낸다
다시 돋는 연초록 나뭇잎에
반짝이는 연둣빛 햇살이 놀고
바탕의 가지에 힘을 실어
새싹이 나풀거린 가지에
미세하게 풀 향기 날아간다
한여름 밤 별빛 빛날 때
계절은 우울증을 앓고
햇살에 뿌려진 꽃잎
진초록의 숨소리에
꽃들은 진한 초록 향기에 취해 있다
흐르는 세월은 여울져
밤이면 창가에 흐르는 별빛도
알아보지 않은 마음은
순결한 이슬 머금고 은은한 눈빛이 미소 짓는다

내 사랑 당신

봄빛 속 하얀 그리움
떨림이 보이기에
내 가슴에 사랑이 피어납니다

일렁이는 풀잎같이
가슴 설레는 그리움
내 마음은 구름 사이로 핀 별빛입니다

그저 터질 듯한
내 사랑의 꽃 피고
어느새 당신이 가슴에 와 있습니다

저녁 숲 너머 그리움
구름 두둥실 떠돌고
아련히 흰 구름 꽃으로 피어나고

스쳐 가는 햇살
사랑 꿈 밝아오듯
당신을 이렇게 사랑 주어 감사합니다

인연과 그리움

젊은 날이었나
하단 잡초가 혼숙을
지칠 줄 모르는 그리움이
별빛처럼 바람처럼 떠올라
가슴을 잇닿는 뜨거운 열기가 달아오른다
인연이었나, 보내진 인생길에서
시시때때로 그리움에 취해
조우할 때마다 한순간의 불꽃을 태웠다
허물을 벗고 보니
뿌옇게 일그러진 욕망
신기루 같은 한 시대가
가슴 맞댄 황금빛 노을이 와 있더라
웃자란 억새가 어깨를 처져
차별 없는 햇살은
언제나 한결같은 그리움으로
따스해진 가슴을 똑같이 어루만져 줍니다

향기로 피는 사랑

봄이 오면 꽃이 피는데
꽃이 지는 모습까지 아름답기를 바라는가
사랑이란 이름
한 아름 달콤함을 안고
세월 속에 함께 하는 사람
그리움에 꽃이 피고
구름 달처럼 그대로이고 싶은 내 인생이다
그대 행한 나의 정열
사랑의 눈빛으로 바라보지만
봄 햇살에 간지럼 타
그대 꽃향기 잃지 않으시고
마음속에 감추어 놓은 뿌듯함이
파릇파릇 향기로 피워낼 사랑이다
재우지 않은 바람을 등지고
돌아서는 길 위에
가슴 저미는 슬픔도 집어삼켜야 했다
온통 봄 향기로 물 들어와
떠오르는 아침 태양 빛깔
소리치도록 멋진 아침을 밝힙니다
한순간 수많은 말들이
아름답게 이룰 사랑 그대는 내 사랑입니다

2부

선암 호숫가에서

선암 호수의 아침 해 뜬다

하늘은 붉고 드높은데
아침 해는 붉게 타오른다
시공간을 물들게 하는 아침
선암 호수 아침 북새
빨갛게 노랗게 익어가는 풍경
푸른 하늘에 해맞이로 희망이 뜬다
밤의 운하를 지나온 달
새벽별 졸다 사라지고
어둠의 바다에서
빠졌다 솟아나는 유영의 태양
거대한 굴절의 붉은 파도
아침을 깨우치고
찬란하게 비춰주는 아침을 맞는다
아침 햇빛에 기쁨이 가득
밤새 애태우던 꿈
눈부신 햇살로 반짝인다
환한 얼굴의 미소
햇살처럼 내 안을 밝히고
푸른 향기로 사랑의 향기
눈부시게 정답게 아침 해를 마신다

진달래 피는 선암 호수에서

해 넘는 노을길에
연분홍 진달래 설렘으로 피고
흐릿한 춘심으로 피는 꽃
사랑한 봄의 무늬 사랑으로 흘러 핀다

오늘은 어떤 야생화가
내 마음을 사로잡아 미소로 다가올까
편안한 사이가 되어
서로를 느끼는 마음이
어느덧 분홍빛 물감으로 물이 들었다

마음은 언제부터인가
등 뒤에서 부는 바람이
설레는 연분홍 향기인 줄 모르고
깊은 골짝이 눈을 뜨니
진한 그리움으로 피어나고 있었다

읊조린 나의 입술이 탈 때
사랑으로 새긴 마음
알아차린 그리움의 세월이
세월 따라 피는 아름다운 꽃이 되리라

비 내린 새벽길을 가다

이슬 내린 새벽길
꽃비 내리는 숲길에는
오솔길을
흔드는 바람이 일고
발을 적시는
이름 모를 풀들이 울고
새 소리 바람 소리
산자락을 울리는데
물 뿌린 곰솔나무 비를 맞고 섰네
생각의 기억이 넘치는
오늘 못 간다고 코를 잡아당기고
향수를 바르고
화장을 한 꽃 한 송이
설렘으로 차오르고
행여 오시려나
비 맞은 달맞이꽃 눈물을 머금었다
비로 전달된 사랑
그대의 마음은 우산 속으로……

호수 변의 백일홍

한여름 뜨거운 눈빛으로
바라보는 눈빛은 당신의 사모입니다
사랑이 넘칠 때는 빨간 꽃
보고 싶을 때는 연분홍 꽃송이
보고 싶어 그리울 때는 하얀 꽃
여름날에 애무의 속삭임에
대지를 불태울 것 같던 연정은
너의 곁에선 백번을 웃음 짓다 사라진다
점점 진한 꽃으로 변하여
계절을 꽉 채운 정열의 꽃
선선한 가을이 와서 지고
계절 따라 피다 지는 꽃
예쁘게 백일을 혼자 피고 지는 꽃이다
사뿐히 가을을 적시는 반란의 꽃
분홍 꽃잎 촉촉이 적신
너의 곁에선 백번을 웃음 짓다
우리 손과 손을 맞잡고
석양의 은은한 아름다움을 감사하고
세상을 다 가진 듯 즐거워 할 수 있는
호수 변의 백일홍이 피고 있다

수변 호수의 아침

물안개 피어오르고
습해진 애모의 바람결에
예쁘게도 빗질한 수양버들
연초록 긴 호흡은 길게 내린 팔이다

버들가지 살랑대는 아침
잔잔한 바람에 향기 마시고
바람에 스치는 맑은 소리
호수는 온 하늘을 푸르게 품었다

절로 흘러가는 사계
아침을 열어가는 햇살
흐르는 햇살에 씻기어
하늘은 향기롭고 연초록 벌판이다

가슴 타는 노을
-선암 호수 노을이 탈 때

선암 호수도
노을로 불이 타고 있다
행복을 꿈을 꾸고
살아감에 가슴 시린 그리움도
저녁이면 지는 서쪽 하늘
습해진 애모의 바람이 가슴을 헤집고
혼자서 불타오르는 노을이여
희망의 불꽃이여
노을처럼 활활 타거라
노년이 가는 길에
삭풍에 시달리는 마지막 잎새 같지만
저녁노을처럼 붉게 타는 하늘
해도 저물고 내 마음도 저물고
내 가슴도 노을 같아서
붉게 타는 하늘이 내 가슴을 태운다
타는 노을의 풍경
저녁노을 같이 아름다워
내 가슴도 아름답게 물이 들고 있다
선암 호수에 고인 물이
침묵으로 붉게 타는 노을로 잠자게 하여
연무하는 세월 속 내 인생
붉게 타는 하늘의 뜻에 따라
다 타버릴 때까지

짙게 타는 노을은 내 가슴을 태웠다

노을 진 하늘이 하도 예뻐서
걸음을 멈췄다
붉게 타오르는 지평선이
하루 동안의 이야기를 가져다가
추억 주머니에 담고 있다
초롱초롱 빛나는 별 하나가
내가 있으니
조금은 남겨두라면서 손을 흔들고 있다

더없이 날은 가고 없다
잔잔히 번지는
수먹물의 노을
좋았던 날은 이리저리 가고
어디로 제비는 날아갔는가
날은 어둑하여라
하르라니 떠는
비늘구름 하나
좋았던 날은 하마 가고 없고
지나고야 비로소
그지없는 노을
파르라니 떨며 날은 저문다

불면의 고통에 시달리며
안으로 달래는 수많은 날

아직도 나는
홀로 긴 밤을 새우며
할배꽃 할매꽃이어도
사랑을 노래하고 있다는 것에
서러운 눈물 안으로 묻습니다

혼자만 와서 불타는 저녁노을은
내게 있어 한 고통 거리다

혼자만 와서 불타는 저녁노을을
원망하며 바라본다
노을 속에서는

언제나 우렁찬 만세 소리가 들리고
누님의 얼굴이 환히 비친다
이러한 때
노을은 신이 나서 붉은 물감을
함부로 칠하며
북을 치고 농부들같이 춤을 춘다
한 컵의 냉수를 마시고
오늘도 빈손으로 맞는 나의 저녁노을
저녁노을을 쳐다보는 사람은 벌써
도시에 없다

호수에 핀 아침노을

해를 잉태한 하늘
열광에 빨간빛을 비추고
호수는 흠뻑 물 머금었다

아침을 밝히는 북새
팔랑이는 물살에 비춰
황홀하게 빛의 춤추는 쇼다

황홀한 빛의 연출
아침노을은 희망
아침호수에 빛을 적시고

가슴에 물들어
너를 향한 황홀의 눈빛
붉게 탄 햇살이 너무 고와라

아침을 깨운 철새
아침향기 그리움
아침의 희망 붉게 빛난 아침노을 핀다

한 시절에 사랑은 갔다

그대 향내를 맡으며
살아온 내 세월이
화신으로 미소 짓고
불신으로 아파한 세월도 깊어갔다
내 안에 있지만 만질 수 없는 안타까움
달빛에 젖어온 당신은
싸늘한 사랑 하나 남겨 놓고
안타까움에 보내진 세월
오라고도 가라 하지 못해 가슴을 태웠다
부재한 사랑
연민의 정도 거부한 채
모질게 그립고 아파한 세월
내려놓지 못한 사랑의 꽃잎은 날이 저물도록 피지 못한다
비워진 내 마음
사랑의 향기 솟아나도
네온 빛 찬란히 빛나는 밤
가슴 억눌린 채 가슴 태우고
못다 핀 매화 꽃잎
남몰래 품어 온 사랑
내 시력의 범주 안에서
순수한 꽃으로 자랄 사랑은 가고 말았다
세월은 나를 던지고
어둠을 부서지는 밤을 벗어나
비단 찬란히 깔아 내 심장의 낙원을 만들어 갔다

호수의 십리 길에서

선암 호수 숲길 따라
곱게 물든 십 리 단풍길
바람 불어 물 향기 마시면
새벽이슬 방울방울
이별하는 단풍잎 끝자락에 맺혀있다
햇살에 반짝이는 영롱함이여
단풍잎에 울긋불긋 투명 이슬방울
방울에 비친 아름다움이여
내 마음도 발갛게 물이 들어간다
떠나보내는 설렘의 가을
칼바람에 우수수 떨어지는 단풍잎
가을은 떠나보내는 진혼곡에
헤어짐과 아쉬움에
이별을 고하는 가을하늘은 푸르다
나누지 못한 사랑의 노랫소리
벌써 가을을 이별하고
푸른 숲길 싱그러운 바람길
아름다운 가을 숲길
춤추는 억새 춤 속에 빠져든
가을바람이 나뭇잎 흔들고
빈 가슴에 가을바람을 일으킨다

겨울 산

겨울 산 낙엽수
긴 몸짓으로 하늘을 떠받치고
맨발로 땅을 밟고
의기 와성 알몸 자랑을 한다
속 붉힌 사모의 손
바람 따라 손을 흔들고
손 젖는 시집살이
얼음 계곡물에 가슴에 품고
혹독한 바람을 몰아세울 때
마른 가랑잎 덮인 양지
아침 햇살이 제 몸을 녹인다
푸른 곰솔나무
사시사철 청청해도
칼바람 건너뛰는 산자락을 채우고 있다
봄은 다시 돌아온다고
정수리 달을 이고 가부좌한 수묵화
성대를 단절한 산새가
바람 불어 하늘을 나르다
산기슭에 바람을 맞서 싸운다

호수 변의 가을길

얼마나 사랑을 해서
가을 단풍은 그렇게
저렇게 붉어질 수 있을까
잡은 손 놓아지는 이별에
이리저리 널리는 거리
사람들에 밟힌 낙엽은 으스러져
가슴 깊이 토하는 신음
바스락 바스락 소리
아픈 가슴 쥐어 잡고 스치는 바람도 운다
신열의 아픔 가슴 붉게 태우고
저녁 호수도 붉은빛에 잠겼다
허공에 대고 푸념해 보지 않고 모르는 일
이별을 하지 못해
얼룩진 마음 덮어놓고
초겨울 속 몸을 흔들고
가을 길은 황홀한 웃음에 취해
세상을 향한 그리움 사랑으로 물든 기쁨이여

물은 깨끗한 자체다

우리가 사는 세상도
원초의 깨끗한 물과 같이
세상은 원래의 깨끗한 아침이다

하늘에서 내리는 비
깨끗한 그 자체
처음과는 다르게 세상을 적셨다

밤길 같은 세상
깨끗이 정화하여
우리 사회가 맑아졌으면 한다

원초의 깨끗함이여
세상을 깨끗이 씻어줄 물
적셔 든 하늘도 땅도 원초의 세상이기를

물에 젖은 솜
인간들의 욕심 같아
햇빛에 말려서 가벼워지는 세상이 되자

선암 호수의 봄날

봄바람 실어 오는
호수가 실버들 가지에
짝 찾는 직박구리 사랑 노래 부르고

노란 치마저고리
개나리꽃 나풀거리니
산허리에 핀 진달래꽃 활짝 웃어젖힌다

숨바꼭질로 울어 대는
아름다운 하모니
서로 알아차리는 울음 귓전을 울린다

벚꽃 향기 바람결에
별빛같이 내리면
가로등 불 밝힌 그리움의 밤이 흐른다

살아가는 호수 길목에
쉼표 하나 찍는 날
밤하늘 꽃잎이 여울져 달빛에 어울린다

아름다운 가을 풍경

가을이 아름다운 것은
마지막 불꽃을 활활 태우는 것이다
사랑으로 꽃 피우니
풍성한 수확의 가을
풍성한 가을은 멋지고 아름다운 풍경이다
푸른 나무 가지 끝에
홀로 매달린 단풍잎
떠나보내는 이별은 버리는 것이다
가을바람에 휘날리는
이별한 나뭇잎의 자리는
준비된 자연의 순리는 강인함이다
바람 불어 쏟아 내린
단풍잎 모자란 듯 비우고
후회의 욕심 내려놓고
작은 가슴 태운 사랑으로
사랑을 데워 가는
아름다운 가을 풍경은
행복 웃음을 만드는 삶의 풍경이다

인생 삶의 여로

바람처럼 물처럼
흘러가는 세월 속에
인생도 돌아올 수 없듯이 흘러가는 강물이다
꽃이 피고 지듯이
홀씨를 남겨 놓듯이 부모로부터 얻은 몸
나이 들어 늙어지면 후손들만이
이 세상에 두고 홀연히 떠나는 것이다
살아오는 동안
수많은 사람과의 인연을 맺고 살아오면서
형제자매 우리의 아들딸들도
만난 사람 중에 하나이지만
마지막은 홀로의 이별이다
즐기고 배려하는 최선을 다하는 삶 속에
그동안 기쁨과 슬픔 이별로
사랑하고 용서하고 베풀며 살아왔다
꽃피고 지는 세월도 다시 돌아오는데
인생은 단 한 번인 것을
우리네 삶은 더없이 소중하여
즐거운 인생길 행복 인생길은
세상에 살아가면서 일곱 무지개 색깔로 사노라면
기쁨과 절망 희망도 맛보고
절망의 터널을 지나면서 삶의 존재 가치가
한없이 성숙해지고

고난의 언덕을 넘으면서
삶의 지혜와 보람의 나이테가 쌓이고
기쁨과 슬픔도 절망과 희망도
나의 몫 짊어지고 가는 삶의 여로였다

당신은 나의 미소

그대가 보낸 별
항상 그 자리에 미소로 가슴을 데웁니다
아침 햇살 같은 너를
만나서 갖고 싶어
눈망울 속에 그리움이 가득하여
온 누리를 비추는 햇살
그대는 나에게 미소 같은 사랑입니다
그대 말 한마디
배려하는 마음을 만나고
마음속에 꽃이 피어나
그대 아름답게 빛나는 별을 헤아리고
그리움을 가득 담아
별처럼 빛나는 작은 사랑
꽃보다 아름다운 사랑
사랑이 피어나는 미소
그대에게 사랑의 인사는 미소로
가슴에 파고드는 긴 호흡
아지랑이 같은 달빛이 조심스레 걷고 있다
오늘도 그대의 행복 미소는
아름답고 사랑스런 열매로
아무 말 없이 찾은 나의 미소다

퍼즐 같은 웃자웃자 No 선생님

한때는 내로라하던 웃자 선생님
그 많은 세월이 씻어
돌멩이가 된 실버들에게
귀를 열어 생각을 일깨우는 시간이다
퍼즐 같은 우리 선생님
하나하나 꺼내 볼 수 있게
프린트물 돌리고
귀에 찰 때까지 꼭 집어 넣어주는 시간
못 주워 담는 귀에도
아랑곳하지 않고 귀 열릴 때까지
끝내 퍼즐을 맞추어주는 노련함
한 사람도 낙오 없이 보살피고
뜨거운 마음은 언제나 샘물
마음은 어떤 환경에서도 퍼즐같이 맞춘다
세월을 공양한 웃자웃자 선생님
반에 반반의 한세월
한결같은 긴 세월의 내공이
돌아오지 않는 낙타들에 창을 열어
할미꽃도 활짝 세상을 웃음 짓게 합니다
생각을 만드는 영상
불꽃이 되어 활활 태우게 하는
마지막 꿈을 버리지 않게
응원하는 웃자웃자 No, 선생님 만만세입니다

예쁜 사랑의 세월

예쁘면 사랑스럽고
보고 싶어 하는 그리움이
호수만큼 크니

내 마음 다 주고 싶은데
혼자만의 사랑
눈을 감고 있어도 사랑스럽다

꽃은 지고 있는데
지는 꽃 어찌 하랴
가슴에 물든 사랑의 눈빛이 고와라

사랑해서 아픈 마음은
저녁노을에 금빛 물결 같아
붉게 타다 사라지는 마지막 숨결이다

달빛 내린 선암 호수에
흘러가는 세월의 강가에
마지막 예쁜 사랑의 서러움이 눈물 훔쳤다

3부

내 마음의 갈증을 씻어

가을 갈대의 울음

선암 호수 들길에는
달빛 내린 언덕에서
갈대 머리는 하얀 손 흔들고 섰다

뿌리는 서로를 껴안고
어깨를 기댄 채 손을 맞잡아
달빛에 젖은 그리움 황홀한 울음이다

밤낮 제 몸을 가리지 않고
흔들어 울고 있는 갈대
몸을 흔들어 깃털 사방으로 날려 보냈다

억센 바람 부는 날이면
갈대의 울음을 호숫물길 세우고
보내야 하는 아쉬움은 가을을 보내는 울음이다

내 것이 아니다

순간순간이 내 것인냥
살아온 이 세상이
하나도 영원할 수 없는 삶의 실체다
순간을 유일하게 살다가
삶의 순간순간이 최선이어서
아름답게 살아온 삶은 내 신비였다
오늘도 내일도
걱정하지 말고 불안해하지 말자고
생의 집착도 버리고
소유물 같은 삶이라 하지만
유일한 한순간도 다시는 오지 않는 것이다
내 삶은 우주의 질서에 따라
하루의 해가 뜨고
매화꽃 피는 달 밝은 밤
달빛 같은 나의 얼굴도
영원할 수 없는 나의 미래가
한순간 살다 가는 세상
내 것이라곤 하나도 없는 세상이다

나이만큼 익어가자

화사로운 아침을 지나
흘러가는 세월 속에서
이 세상에 인연을 만들어 가며
익어가는 그리움에 숨결을 느끼고 살아간다

이만한 나이의 익어가는 마음
고만고만한 사연을 품고
사랑한 나의 시절로 살다
남은 삶도 조심조심 꽃피우게 하자

내 인생 푸른 색채로
천천히 수놓은 눈망울에
별들도 여울져 사라지고
소쩍새 울음 멈추는 통한의 세월이다

나 익어가는 가을이 오면
인생의 흐름을 알면서
아픈 자국 곱게 색칠해
멋진 인생 나이만큼 익어가는 삶이 되자

삶의 허기를 느낀다

오늘로 살아가는
인생길에 삶의 갈증은
숨이 차도 순간에 본능은 배가 고프다
마음을 눈에 담으면
채울 수 없는 삶의 허기가
목마름은 사랑을 배반이나 했었나 보다
지워져 가는 삶의 시간
늘릴 수도 없는 인생
조롱박 같은 내 마음에 그리움이 쌓인다
내가 살아가는 삶 속에
바람 불고 비가 내려도
하얀 꽃잎이 떨어지는 계절을 알리라
삶은 시린 바람
되돌릴 수 없는 인생
허기를 깁는 눈물 꽃이 환하다
거세당한 욕망일 찌라도
아끼고 사랑하는 내 인생
해는 저물고 달 밝아도
허기를 느끼는 소풍은 세상 끝나는 날까지다

세월 속 인생

살아온 세월의 인생
욕심도 채워 보고 사랑도 채워 봤다
모두가 부질없는 것
허망만 남기고 그리움만 마음을 젖게 했다
돌아서는 길 위에
후회로 남긴 나의 삶
살아온 세월은 눈물로 씻어 왔다
채워온 허무의 삶은 욕망
눈시울 적시는 기억의 그늘에서
목마른 가슴을 뒹굴고
절박한 삶의 심정은 깊은 상념에 젖어라
힘겨운 삶의 관계는
웃음으로 채울 수 있다면
깊어가는 세월 속에
방황하는 인생 종착역이라 해도
기쁨으로 담을 수 있어야
영혼이 살찌우게 할
미로 같이 구불구불 한 인생 한 자락
아스라이 비켜가는 인연
그리운 마음에 별빛이 흐르고
은하수 건너 구름 건너
하늘과 땅 먼 길을 돌아갈 때
한 자락 세월을 잡아보고
아! 이것이 세월 속 인생이구나

선암 호숫가의 내 그림자

아득히 떠나보낸 세월
인기척 없는 호숫가에서
내 삶의 길 위에
말없이 웃음 주던 꿀밤나무 그늘은 길다
일렁이는 물결도
서러운지 잔울음을 숨기고
산 벚나무 그림자도 서럽게 울음을 새긴다
한 번도 풀지 못한 실타래 같이
가슴을 파고들고 옛 생각
호수가 물결이 길게 일렁거린다
물 위에 걸린 나뭇가지가
가늘게 울음을 그치지 못하고
아무것도 떠올리지 않는지
물그림자도 가늘게 흔들리고 있다
잊어가는 옛 시절의 그리움
못 잊을 지금의 세월 속에
유일한 흔적인 냥 호수가 풍운이 흐른다
미루나무 우듬지만큼 이 없나
미세한 떨림도 없는 산하는
아무 일도 없는 듯
아! 그리움이 떠도는 그림자가 호수를 떠돈다

나팔꽃 사랑

꿈과 사랑이 꽃피는 날
벌 나비 쌍쌍이 초대되어
날 새는 줄 모르더니
꽃이 시드니
벌 나비도 지는 꽃 두고 떠나간다
아침 피었다
저녁에 지는 나팔꽃
우리 인생도 나팔꽃
아름답게 피었다 지는 것
아름답던 아침의 사랑도
저녁이 되니 시들어
나도 모르게 살아온 세월
이 세상에 영원한 것은
아무것도 없는 나팔꽃 인생
아침을 지나 저녁이 오니
아침에 핀 추억의 나팔꽃
아름답던 시절의 그리움
정겨웠던 아침나팔꽃
추억이면 지는 이별의 나팔꽃은 진다

들꽃 같은 마음

잎새 부는 바람
향기 내미는 들꽃 바람에
숲의 물결은 파도를 치고
외롭게 핀 들꽃 하나에
벌 나비 벗이 되어
지는 해 풍경을 만들고
너를 만난 내 인생도 들꽃이 되고 싶었다
저녁이면 꽃잎에 이슬이 내려
눈물 젖은 꽃잎에
눈물 닦아 주는 아침햇살이 밝아오듯
일상 속 소소한 들꽃이
마음에 꽃밭을 이루고 있더라
꽃을 피운 한 떨기 바람에
그대 가는 눈길 스치는 그리움
저녁노을이 오면 속삭이는 들꽃이 되고 싶고
아주 소박한 들꽃은
또다시 보고 싶은 들꽃
내 가슴에도 한 떨기 들꽃이 피고 있더라
내 마음은 너를 만나
한 떨기 꽃으로 피게 하여
잊혀지지 않은 기억의 꽃
이별에 서러운 눈물 꽃이 피고 진다

노년에 길을 가다

사랑을 알 때쯤에
이미 식어버린 사랑을 탓하랴
가든 길 잠시 멈추고
뒤돌아보니 걸어온 길 아득하여
알 수 없이 가던 길
어디쯤이냐고 묻지 않고
오늘도 내일도 그냥 지나고 보니
바람 타고 가는 길
내 가는 길 정할 수 없어
어디든 흘러가게 놓아주자
어디쯤인지 안타까워하지 말고
겨울이면 봄도 오겠지 하는 마음으로
어느 날 거울 보니
머리도 듬성듬성해지고
치아도 귀도 눈도 부실하여
세월 사이 알 듯 모를 듯
저녁노을이 붉게 밀려오는 자리에
이젠 좋은 생각들을 모아
컴퓨터에 올리면 오타투성이
세월은 멈칫거리다 마음이 조급해졌다
내 세월을 정리도 못 했는데
뜨거운 눈물이 흘러내리는데
그만 바람이 불어옵니다

사랑한 그리움

아련히 다가선 그리움
지나온 옛 시절의 기억에
별빛같이 빤짝인 시절 회한의 눈물이다

밤을 잉태한 노을 불빛이
별빛 고운 물길 걸어
시련 깊은 날은 푸르고 달콤했다

메마른 가슴 그리움 지피니
손짓하는 추억의 사랑
아파한 그리움이 썰물 같이 밀려옵니다

가슴에 잇닿은 열기는
장작불같이 활활 불태우는데
밤을 새운 신열은 제가 되러 까맣다

춤추는 갈대 울음

한 줄기 바람에
눈물 훔치고 우는 갈대
조용히 제 몸을 흔들고
햇살에 몸을 데우고 세월을 산다
하얗게 백발이 되어
흩어지다 몸부림치는 갈대와 나
불어오는 바람에 안타까움을 달래고
손짓하는 풍경은 조용히 흔드는 것이다
달빛에 얼굴을 씻어
정겹게 흘러가는 구름 따라
서럽게 우는 그리움
그리워서 갈대숲은 흔들고 산다
산들바람이 지나는 갈대밭에
알지 못하는 서러운 바람이
그립다 말 못하고
그냥 흔드는 것이 가을바람인 줄 몰랐다
돌아서는 발길은 미련이지만
살랑이는 바람도 웃고
세상의 이치에 순응하던 갈대
세상을 초월한 삶을 살다 가는 세월이다
보이는 것도 모르고
흐느끼는 바람소리도 모르고
모두가 더욱 아름다운 자연 현상
바람에 출렁이다 춤추는 것은 갈대 울음이다

별빛 같은 아침이슬

어둠에서 피는 사랑
아침에 내린 이슬은
보석 같이 반짝이는 아침이슬입니다
위태하게 내려앉은
영롱한 아침 이슬이여
그렇게 맑게 빤짝이는 너의 얼굴
아침을 밝히는 하늘에
어둠을 잠재우는 아침을 만나
맑게 빤짝이는 햇살이 너무 고와라
하늘을 담은 너의 얼굴에
하얗게 반짝인 햇살은 지고
스치는 눈길이 그리움을 풀었다
어두움을 말없이 품으면
넘치고 뛰는 가슴별이 되어
짙은 어둠을 찢고 너에게로 간다
아쉬움에 흔들리는 마음
별빛이 쏟아진 창가에
흔들어 침묵을 깨고 울고 나섰다
영글어 가는 별빛 사랑
청량한 바람 소리에 귀 기울려
사랑과 우정을 담고
맑고 투명한 눈빛이 빛일 때
별빛 같은 아침이슬 사랑별로 피었다

붉게 물든 노을 사랑

저녁노을처럼 붉게 물이 들어
밀려오는 사랑의 향기
까닭 없이 좋아진 사람
바람인가 했더니
사랑의 향기로 전해 오는 사랑이었다
내 안의 그 사람
느낌으로 오는 사랑
따뜻한 눈길로 보내는 사랑입니다
애틋하고 고요한 마음을 실어
자신감이 넘쳐흐르고
도도하게 흐르는 물결 같은 사랑이었다
붉은 장미 같이 물들어도
저녁이 오면 지는 해
소중한 삶의 인연들도
붉었다 사라지는 것은 후회를 태우는 것이다

하루해가 저물어 갈 때
숨죽어 우는 달빛의 추억
빛바랜 추억은 세월의 수레바퀴
노을빛 그리움은 아름답게 물이 들었다

노을 속에서

긴 여정을 끝낸 여름
마지막 숨결을 남기고
주체할 수 없는 슬픔
정처 없는 발길은 끝없는 방황이다
그리워지는 황혼 녘
끓어오르는 그리움으로
뒤돌아볼 여유도 없이
한없는 시간의 나이테만 부석 삭히고 있다
보고 싶은 얼굴 떠올라도
노을에 잠긴 내 얼굴
흐르는 에메랄드 눈물
회한의 눈물은 긴 여운만 남겼다
지나간 추억의 기억은
서산을 넘는 노을로 탄식
마음은 이미 뒤틀려
누구와도 같이 갈 수 없는
시간에 좇기는 고독의 시간
돌아가는 시곗바늘은
늘 허기진 영혼 불씨 하나 데우지 못했다

노인에게 미소를

가 보지 않은 길을
더듬더듬 더듬으면서 가고 있다
처음 가는 이 길이
너무 낯설고 힘이 들어
넘어질 듯 아파한 세월이
숨소리 느끼는 가느다란 질긴 숨소리도
존중과 관심이 없는 길은
동행해주는 미소 없음은 노인학대일 수 있다
노인들의 일상에
지하철이 급히 떠나갈 때
문이 급히 닫히고 떠난 열차
작은 관심은 노인 사랑 동행입니다
시력도 청력도 감지 능력도 없어
자력으로 해결 못하는 경우
오해보다 무서운 수치감
차별과 혐오는 무서운 노인 학대다
노인의 일상은
세상을 살아갈 때 브레이크 없이
출발한 자동차 같아

보호하고 인도하는 장치는
사회의 예방 장치
차고 넘치는 순간의 감동
그 길을 동행하는
하얀 꽃잎 같은 미소는 노인 학대 예방이다

꿈같은 시절을 즐기자

지나온 길 마음 두니
잡초 같은 내 인생은
방황을 즐기는 시절의 인연이다
살아가는 세월도
한 자락 주마등이고
구별 없는 낮과 밤은
침묵 속 정처 없는 발길이었다
한 자락 풍경화 같은 세월
햇살 같은 인연을 만나서
어둠에서 빛으로 오신 발길
세월 속에 눈빛으로 이끌렸다
시절 인연의 그리움
마음에 눈으로 담아
만남으로 정이 따르는
따뜻한 사랑의 인연도 그리움
만남에 향기를 즐기는 시절을 간다
살아감에 삶의 길에서
내일을 향하는 꿈
꿈같은 시절의 인연을 즐기고 살자

우리는 관계로 산다

인생은 한순간
너를 향해 붉어지는 마음
한결 같은 사랑은
마음을 보듬어 주는 관계는
샛별 같아 떠오르는 마음의 관계가 되자
오가는 정든 길에
하얀 달이 뜨게 하여
오가는 정든 길, 밝은 밤길이 꽃길이 되게 하자
언제든 찾아 오가는 사이
보고 싶어 얼굴 떠오르고
언제나 한결같은 마음으로
맑고 투명한 새벽이슬 같은 마음이 되자
그리움을 채워주는 사람
우리 한결같은 마음
우리는 관계로 살다가
가슴속 촉촉한 안부 여쭙고
살아가는 삶의 길에 하얀 꽃길이 되게 하자
우리의 삶은 새로운 희망
관심 속에 피는 사랑
따스한 눈 맞춤으로 살다가
밤이슬도 햇살을 줍듯 따스한 온기는 사랑이다

바람 같은 인생

숙명 같은 하얀 구름이
산자락에 걸터앉아
돌아가는 길 헤집고
흔들리는 바람도 아쉬움의 세월을 반긴다

공허한 마음을 붙들고
사연들이 달빛에 반사되어
흩어진 내 세월의 기억
세월을 곱씹다 돌아서는데
황혼의 숨결은 돌아서는 길에 와 있다

바람 편에 보내는 마음은
거스르지 못한 세월의 무게에
금방이라도 짜증 나는 설움도
강한 햇살이 내 마음을 녹이고 있다

슬프고 아름다운 이야기는
작은 비바람도 흔들리는 마음
살아가는 내 존재 이유는
흘러버린 세월 눈물을 싣고 살아간다

작은 바람에도 그렇게 흔들리고
구름에 깃든 몽상의 세월
금방 해가 넘어가는데
뜨거워진 마음을 식히고 흘러가는 세월을 안았다

마음을 바람 편에 보내고

잔잔한 하늘에 해일이 일고
잠자지 않은 내 마음에
꺼지지 않은 등불이
밤새 신열로 떠는 밤은 깊어간다
별빛 우수수 떨어지는 밤
내 마음은 별빛에 흠뻑 젖어
사랑의 숨결로 일렁이다가
그대 마음 붓끝에 시로 거듭나고 싶어라
바람 편에 보낸 마음
주인 없는 몸부림에
홍역 같은 열병을 치르고
내 마음은 사랑의 가난에
건져낼 수 없는 무형의 사랑
비켜설 수 없는 그루터기 사랑
두견새 울음의 사랑
서러움을 어루만지고
터질 듯 가까이 느끼는 사랑
당신의 숨결은 녹슨 진동
파르르 떠는 궁상은
밤을 잉태하는 노을 같이 유난이 섧다

아버지의 하늘을 그리워하며

우람한 느티나무처럼
든든하신 그리움의 아버지
한겨울의 칼바람 견뎌야 했던 시절
아버지의 삶은 순백의 하늘이었습니다

내 아버지와 함께한 세월
삶에 지쳐 굳어버린 시절
아버지 등에서 늘 땀 냄새가
아버지가 그랬듯, 소자도 등골이 휩니다

아버지의 세월도 나와 같아
아득히 불러본 추억의 하늘
낙엽 지는 노을의 강가에
이 자식도 아버지보다 늙었음에 한탄합니다

아버지가 그랬듯이
삶 속에 사랑의 열매는
그리움의 뿌리 깊게 내려
햇살 좋은 언덕에 찬란한 낙원 꽃 피게 하렵니다

문신처럼 뚜렷한 내 아버지의 추억
못 잊어 희한 위 눈물로 바칩니다

세월은 초록 숲

초록 바람에 애무 받아
꽃 진 자리
열매를 품어 자라고 있습니다
꽃잎 나부끼다 떨어지고
열두 골 추억의 자리
얼굴 맞댄 가슴을 씻어 행군 풀잎이다
그리움에 나부끼고
바람에 살랑 이는 초록 잎
세월 따라 더 푸르고 왕성해집니다
여름 햇살 초록 숲에 비껴들고
곱게 부서지는 햇살
초록 숲에 물결처럼 피어나고
뜨거운 태양 아래 더 푸른 숨결로 잠잔다
그리움은 햇살 내린 언덕에
초록은 더 푸르고 빛나
숨결 같은 바람 따라
초록 숲 짙은 향기 흥건이 젖다
자연이 주는 초록 풍경
수채화처럼 더 푸르고
신비로운 풍경 노을로 앉아 가슴을 태운다

4부

지난 시절을 그리워하면서

달빛 가는 길 따라

산을 넘고 바다를 건너
구름 헤치고 흘러가는 길
온 세상은 너로 하여 밝아온다
달빛은 누구에게나 골고루
하얗게 쏟아지는 달빛을
온천지를 가득 채워 비춰준다
물안개 띄운 강가에
물에 비친 너의 모습
그렇게도 청초하여
서쪽으로 산과 계곡을 지나면서
어둠 한 줌 걷어 내고
구름 속에든 몽상은
너의 존재 이유를 알게 한 세월을 만든다
달빛이 흥건하게 쏟아져
잡히지 않는 찬란함이여
달 속에 나의 웃음이
티 없는 사랑으로 덮어 주는
어머님 같은 사랑의 달빛
슬픈 자를 위에
눈물 어린 위로의 달빛이여
달빛에 마음을 실은 그리움
그리움이 꽉 찬 마음
달빛을 걸어 희망을 찾는 마음 길입니다

〈생각 더하기〉

어젯밤 딸의 호출에 창가로 달려가 보니 둥근달이 환하게 빛나고 있었다.

그리고 보니 음력 7월 15일 보름, 둥근달이 확실하였다.

한 달 남짓 후면, 달맞이 명소를 찾아 보름달을 보며 소원을 빌어보는 추석이니, 오늘 맞이한 둥근 달은 미리 만나고 오는, 달맞이 예행 연습하는 날이라고 말해야 할까나?

그간 앞만 보고 달려오다 추석을 엉겁결에 마주해오길 반복하면서 그때마다 매우 아쉬움 남는 한가위 명절을 보내곤 했던 것 같다.

그러나 어젯밤 우연히 마주한 둥근 달과 오늘 아침에 눈을 뜨자마자 펼쳐진 시 「달빛 인사」를 연이어 만나게 된 '우연'은 추석맞이를 미리 연습해 볼 수 있게 해주는 '필연'인 것 같아 참으로 다행스럽기만 하다.

날마다 시를 읽고 또 읽어가면서 지인들에겐 환한 보름달만 한 사랑을, 나 스스로에겐 용서와 희망의 밝은 달빛을 가슴에 한껏 미리 품어두어야겠다.

그러다가 진정 그리움이 꽉 차고 터질듯한, 보름달만 한 둥근 축복의 기도로 모든 이에게 달빛 인사를 건네야겠다, 이번 한가위 추석 보름밤에는…….

세월과 같이 흘러가 보자

세월이 남기고 간 발자국
애태운 설움이
새벽이슬 되어 알알이 맺혀있다

흐르는 세월도 구름 같아
해가 뜨면 잠시
욕심도 버리고 마음도 비우고 살아왔다

구름이 되고 강물의 되어
흘러가는 세월 속에
찬바람에 여민 가슴 시리도록 저무는 날

진실한 마음 앞에 두고
기쁨을 심고 사랑을 심고
해 저문 세상을 아름답게 흘러가 보자

가을을 바라보고

황금빛 노을 붉게 타는 가을
가을바람이 완연한데
떠도는 구름이 세월을 몰고
풍경을 그려낸 하늘을 떠돌고 있다
은빛 그리움의 조각은
주체할 수 없는 슬픔
아침 풀잎에도 신선함이 고여 있다
푸른 하늘에 흰 구름이
또렷이 떠돌고 있고
싱그러운 바람 하나가
나뭇가지에 걸려 풀 향기 뿌리고
쏟아 내린 가을 햇살이
가을을 여물게 하고
살맛 나는 세상이 행복해지는
삶의 의미를 바라보고 살아갑니다
노을빛 황금 들판에는
대 자연의 파도가 주는
수확의 계절이지만
멋진 가을의 풍성함에
가을의 여유를 즐기는 계절이다

그리운 나의 어머님

아무 말도 못 합니다
그냥 침묵 속에서 나를 바라봅니다
아무 말도 들리지 않는데
바람결에 들려오던
내 따뜻한 위로만이 남아 있습니다
아시는지요
어머님보다 더 늙어서
삶이 힘이 들어도
어머님의 사랑이 그리움도 아닙니다
오월이 오면
나 자신이 어머님을 향한 이 슬픔
날이 가도 해가 바뀌어도
생이 끝날 때까지
내 가슴에 다하지 못한
말 한마디 남아있기에
보고 싶은 그리움
어머님에 "사랑합니다" 한마디 바칩니다

겨울나무 독백

푸르던 시절은 가고
모두 떠나보내고 난 다음
겨울의 혹독한 추위도
새 희망의 씨눈을 보호하는 영광을 가집니다

결국 포기할 수 없는
세월은 도도하게 흐르고
혹독한 시련의 연속이라 할지라도
매서운 칼바람에 세월을 저항한 나이테는 늘어납니다

꿈이 있는 고통의 행복
절망의 어둠을 지나면
찰나의 순간에 일어나는 명암의 교차
세월의 무게는 거스르지 못하는 도도함이다

겉보기엔 쓸쓸한 빈 가지
맨몸밖에 없을지라도
향연의 꼭대기 한 줄은 참회록을
연초록 봄날을 위해 희망의 불꽃을 피우게 하자

꽃씨를 심는 마음

내 마음의 텃밭에
작은 꿈의 꽃씨 하나 심고 싶다

꽃씨 심는 마음이
뿌리 깊게 내려 서서히 미쳐버리게 하자

부르짖는 꽃씨 마음
허공에 걸어둔 꿈길 걸어 석양빛에 비춰가자

안개꽃 피는 아침을 맞아
살얼음 핀 가지에 맨몸으로 나서게 하자

꽃 피는 봄 초록 가지에
내 마음을 매달아 푸른 하늘가지 푸르게 키우자

꿈에 그린 사랑

밤을 새워 절박한 심정
그대 그림자 뒤에 숨어
나의 보드라운 눈빛은 사랑이다

그대 보이지 않는 사랑
채워도 채워지지 않는
옹골진 빈 마음에 어둠이 서렸다

보이지 않는 느슨한 사랑
사랑의 눈빛 바라보면
잘게 부서지는 석류 알 사랑이다

부서지는 어둠을 벗어나
순백의 꽃으로 피어나는 사랑
내 마음 너에게로 가는 사랑이다

풀잎 하나에 사랑을 배워
내 마음 너에게 보이고 싶어
꿈에 본 세월의 새벽을 맞고 있다

나무 끝자락에 피는 눈

나무 끝자락
단풍잎이 이별한 자리
새 희망의 사랑이 숨어 살고 있다
결국 포기할 수 없는
혹독한 시련의 연속이라 할지라도
매서운 칼바람에 폭설까지
온몸 저항하리라
하늘에 별과 같이
새 저녁이 오면 사랑별이 빤짝이듯이
꿈이 있는 고통의 행복
새해의 봄을 부르는
가슴 태우는 그리움
해 질 녘 노을이 가슴 태우고
손을 잡을 수 없는 그리움
아득히 눈길을 강물 되어 흐르게 하자
한해의 나이테가 더해가는 길에
고요하고 애틋한 마음을 실어
연초록 봄날에 새 희망 꽃 피우게 하자

내 마음의 손

거친 세상사
내가 내미는 손이
따뜻한 사랑을 나누는 손인 줄로
내 혼자의 독백
용케도 알아 남을 아실임
그대 내 뜨거운 손길이 되고 싶다
거스르지 못하는 세월의 무게는
공허한 빈 마음에
기다림에 삶의 시간이
마음의 손 깨우치게 할 소중한 시간이다
타인에게 베푸는 사랑
어둠이 무색하게 피어오르는
일송정 언저리
달이 뜨게 하여
도도한 세상 야위어지지 말라고
바람 등진 세상 막아주는 것이다
주는 정 받는 정
뜨거워진 가슴을 데워
식지 않은 정열
달콤한 기쁨을 만지작거리는 마음이 되고 싶다

호수의 가장자리에서

겨울 햇살 비껴가는
빗살무늬의 형상
움 추린 바람 뒤쫓은 혹한의 상념 속에
찬바람에 잠자는 노란 이끼
외곽지의 팔다리는 깊이 잠들고
헐벗은 숲은 좌정에 몸을 비틀고
머리를 싸맨 아우라지 골짜기
바짝 얼어 깊이는 더해 간다
캄캄한 세로길
도토리 숲속 번뜩이는 사바의 창 같아
결코 측정할 수 없는
불어오는 바람살에 풀지 못한다
잠시의 순간
이탈하는 바람 속으로 얼어든다

겨울의 달밤에서

달빛은 고요한데
가을인지 겨울인지
사지는 뒤틀려도 봄을 기다리는 아기집이 살아 숨 쉰다
마지막 잎새
이별하는 가지에 마음을 두니
말 없는 달빛은
하얗게 달빛이 물결을 걸어 흘러 비친다
달빛 같은 마음
시들 수 없는 시간 속에
미련 속의 생각들이
세상사 일장춘몽이라 했는데
공수래공수거인 것을
이제야 깨달아
이 겨울의 한 자락을 붙들고
아쉬움에 연연하면서
살아가는 겨울, 이 길은 새로 시작이다
차가운 겨울 앞에
마음이 따스해질 수 있는 건
머무르는 겨울은 새 희망을 부른다

영국 신사 내한 소식을 접하고

아! 하늘의 뜻이여
올 때와 갈 때도 혼자이신 당신은
다 놓아두고 가버린 당신
곤한 인생길
모순으로 얼룩졌던 육신의 껍데기
훨훨 벗어버리고 떠나셨습니다
당신의 백치 같은 하얀 미소는
당신이 그래 듯이
붉은 단풍 한 그루 가슴을 태우게 했습니다
애절한 추억의 문수 교실에는
당신의 자리 지금도 기다리고 있는데
그대 마지막 인사는 없어도
문신처럼 뚜렷한 추억의 자리엔
새로운 신입 관원들이
이해와 사랑으로
그 자리를 지키게 되겠지요
하늘에 뜻은 누구 하나
이 세상에 영원할 수 없는
우리 모두의 평등을 아시지요
발자국 따라 가진 꿈 펼치다가
구슬프게 우는 바람

한 시대를 다한 당신의 생은 영원히 기억되리라
누구나 다 죽어서
하늘나라로 뒤따를 것입니다
영면을……

오! 하느님이시여

절대 전능하신 줄 알았습니다
이 세상에는 코로나로 인하여
고통으로 가득 차 있습니다
우리의 소원을 물어보신다면
이 세상에 믿음의 가치
진리는 어디에서 찾을 수 있을까요
자연의 한계 상황
지진이나 이상기온보다 더한
인간에게 온 질병 코로나
이 바이러스의 치밀한 변종의 진화는
지구촌에 절체절명의
산 자와 죽은 자를 수없이 갈라놓고 있습니다
그 전염의 빠른 속도에
우리 인간은 한계점에 도달했습니다
하늘이여 신이시여
예측 불가능 불확실성이 접근하여 있어
굽어살펴 주심이 간절합니다
정상을 최선을 최대치까지
전 지구촌은 힘을 쓰고 있습니다
죽어가는 내 형제 모두를 붙잡아 주옵소서

아! 세월의 인생

바람에 구름 떠돌듯이
황량한 내 마음 둘 곳 없어
정처 없는 내 발길
하나 되지 못한 시절의 그리움이여
여울진 내 세월의 인연
달빛도 별빛도 아닌 것
세월의 고리 잡지 못한 채
은빛 그리움의 세월 제각기 다른 길이였다
용케도 살아남을
그 시절의 그리운 인연
은빛 날개로 사랑의 숨결 일렁일 때
알알이 익어가는 내 마음
황폐한 가슴 꽃 피워
밤새 길어내도 차오르는 정이여
홀로 맞는 바람 앞에
하염없이 바라보네
자욱하게 안개 낀 모습
그리움을 지핀 메마른 가슴
어루만지듯 가까운 세월의 숨결
허물어지는 내 마음
내 가슴은 그리움을 태워 모았다

호수에 겨울바람

붙잡을 수 없이
제멋대로 불어오는 바람
수시로 얼굴 없이 바뀌는 너의 길에
낭만을 허비할 구름 한 떼가
까칠한 갈대밭을 휩쓸어
텅 빈 가슴 찢어놓고
호수의 겨울 찬바람이 휘몰아친다
붙잡을 수 없는 너의 마음
살을 에는 차가운 바람
가슴속 깊은 곳까지
뻥 뚫리고 시원한 느낌이다
풍경이 쏟아지는 하늘
바람이 내통하는 은밀한 대화
어디선가 목메어 우는 소리는
허물어지는 마음 안에
바람 등에 앉은 옹색한 시간은
눈시울 붉히는 햇살은 찬 가슴을 아는 눈치다
뜨거운 눈물 삼킬 때
행여 당신의 모습이 잡힐까
뒤돌아서서 너의 얼굴을 바라본다
바람이 불어
급하게 내달리는 시간은 목이 말라있다

봄의 속삭임

봄을 기다리는 마음
수풀 속에 흘러나오는 속삭임
봄이 오는 소리 들린다
찬바람이 왔다 사라질 때
가느다란 질긴 숨소리 들리고
양지바른 언덕에
찬바람 왔다 사라지는 한줄기 봄빛이
따스하고 향기로운 봄의 속삭임
마음속 봄기운 스미고
홀로 굽이진 길
바람 따라가는 길에 동백꽃이 피었다
산을 넘고 들을 건너 봄기운을 스미는데
봄 햇살이 고개 숙이고
선암 호수는 침묵 속에
잔물결 여울지는 은빛 물결
가느다란 나뭇가지 살짝 손 흔들고
햇빛에 놀란 차가움
금방 메마른 눈 샘 터질 것 같다
봄 햇살에 언 마음 녹이며
땅속 개나리 뿌리 봄을 머금고
물안개 떠운 강 빛에
움츠렸던 마음 봄의 속삭임을 듣는다

새해의 기도

새해 새 태양이 밝아옵니다
밝아오는 새해 아침
우리가 모두 웃는 새해가 되자
달려오는 새해
우리 모두 희망의 새해
가슴엔 태양을 안고
희망은 절망 없는 삶으로
신뢰와 용기로 나아가는
밝고 맑게 살아가는 새해를 맞자
아침의 새벽을 열고
꽃바람 향기 날리는 아침
연초록 봄날 새 희망의 꽃을 피우자
파릇한 미나리 싹
봄날은 꿈을 꾸듯이
햇살이 따사로워
평화와 용서 화해가 있는 새해가 되자
새롭게 이어지는 새해
기쁨의 새해 되시고
사랑과 행복이 흐르는
새해 새 희망의 꽃을 피우게 하자

생각을 몰고 온 봄날 아침

상쾌한 봄날 아침
몸 낮추어 수선화 피고
사랑스럽고 향기로운
꽃바람에 새싹 틀고
생각들이 나를 붙잡는다
하늘에 구름 흘러가고
바람에 흔들, 소리 내고
밀려오는 생각은 꼬리를 달았다
기억에 들뜬 생각들이
오가는 청춘 뒤따르게 하고
갯버들 가느다란 한숨 소리에
가슴 저미는 생각 기억에 젖었다
호수를 맴도는 생각
가슴 적시는 아침
뒤돌아본 세월을 인양하고
생각에 잠긴 가슴앓이
부석부석 삭힌 세월의 갈등 씹어 삭혔다

울 엄마 찔레꽃

한없이 그리운 엄마 찔레꽃
단정히 미소 띤 꽃이여
하얀 찔레꽃이 울 엄마 생각이 납니다

하얀 밤하늘에 피는 꽃
숨결 같은 바람이 불면
울 엄마 찔레꽃 향기가 가득합니다

세상은 온통 엄마 찔레꽃
허공엔 애모의 바람 타고 오신
울 엄마 향기가 마르도록 그리워집니다

설레는 마음에 꽃이 피고
별처럼 무수히 빛나는 꽃잎은
금색 달빛에 부서진 밤 베갯잇 젖었습니다

인연의 끈을 놓으신 지 수십 년
하얗게 피고 지는 찔레꽃
울 엄마 오신 듯 단정히 옷깃 여민 얼굴입니다

5부

세월을 추억하면서

마음의 향기

마음의 깊은 곳에
자기만의 향기를 발하고
긍정이란 씨앗 뿌려
사랑 향기 씨 뿌려, 꽃피우는 마음이다

아침에 내린 이슬이
파란 하늘이 여울져서
싱그러운 아침 이슬의 진리
마음은 온화한 봄날 꽃향기 되리라

부드러운 마음 밭에
진실이란 사랑의 집을 짓고
믿음이란 깃대를 세워
붉은 꽃망울 토해내는 감사한 마음 향기다

구름 같은 인생

구름은 따라 세월 따라
흘러가는 내 인생
바람길 구름길 따라
하얀 구름 한 조각도 쉬었다 가라 하네
노을처럼 붉은 인생길
밤하늘에 빛나는 별들도
밤별이 흘러 수놓은 하늘입니다
별이 뜨는 내 안의 시간
못 견디게 그리움이
흰 모래처럼 부서지고
나의 시간은 삶의 나이테로 살게 하고
어둠을 찢고서라도
밤이 사라지면 아침이 오고
풀벌레 미세한 숨결을
살아감에 가슴 시린 그리움이다
멈추지 않는 세월 속에
흐르는 강물이 되어
되돌릴 수 없는 나의 시간 속에
별이 뜨는 밤의 은하를 건너
푸르던 시절은 가고
지난 영광도 없이 바람 부는 대로 흘러간다

고은 미술관에서
-부산 해운대

나의 눈은 멀어 보이지 않아
한참은 기다려야 눈이 떠질까

하늘과 땅 사이
너의 언어로 알지 못한 채
잘난 체 도도히 빛난 너를 만나다

저 스탄지의 사진은
언어로 옮겨지는 일이 얼마나
산을 옮기는 일만큼 힘이 들었나

결정의 순간도 아닌데
사진의 생명력은 어디에
사진마다 미완의 날씨 같은 꿈길이다

사랑을 추억합니다

내 그리움 앞에
희미해지는 눈동자
달빛마저 숨죽여 흐르는 밤은 지나

그리움을 모아 태우는 밤
그리움은 뿌리를 깊게 내려도
따스한 눈빛으로 다가온 당신은 그리움이다

꿈길에서 깨어난 사랑
반가움이 넘쳐흐르고
햇살 머무는 언덕에서 목선 화가 수줍구나

그대와의 고왔던 사랑
나의 특별한 청아함이여
솜사탕 같은 달콤한 사랑을 기억합니다

추억의 가지 끝에 그대가 있어
문신처럼 뚜렷한 내 인생길에
사랑을 추억 하는 해 질 녘 그리움입니다

문수 실버들의 태화강 나들이

삶의 시간은
이렇게 서로가 달라도
서늘한 가슴에 온기를 불어넣는 하루다

한 세월과 같이 한 인연들
오월의 빨간 장미같이
오월의 햇살이 초록 물결처럼 싱그럽다

가슴 태운 오늘의 물결은
제일 행복한 날 만드는 오늘
하얀 꽃물결이 되어 행복을 만들어 갑니다

오고 가는 세월 속에서
얼굴 눈에 익혀가며
서로의 마음 나누어 삶의 시간을 즐겁게 했다

아끼고 사랑하면서
한없이 소중했던 기억으로
우리의 얼굴도 태화강 잔물결같이 흘러보자

오늘의 아른대는 모든 얼굴들
예쁜 장미 같이 피는 마음으로
오늘의 하루 메마름 가슴 즐거움에 그리움을 새겼다

문수 실버 복지관 영상 스튜디오 반
야외 견학을 하고 글을 쓰다

내 삶의 흔적이

내 시린 젊은 날
구름이 넘는 산등성이에
숨겨둔 삶의 이야기들이
물안개 내린 강가에 운무에 덮여있다
사랑도 가고 세월도 가고
지나온 시절 말없이 가버린 지금
뜨거웠던 삶의 계절
시집 같은 삶의 이야기가
금빛 반짝이는 태양이 되어
비켜 갈 수 없었던 시절
잠들지 못해 어둠이 타들어 가기도 했다
자정은 몸을 비틀어
허송의 모닥불을 태우고
한여름 밤, 별빛을 쫓아
삶의 흔적은 습해진 애모의 바람이더라
달빛마저 흐르는 밤을 지나
바람결에 숨겨둔 이야기들이
따스한 눈빛으로 다가와도
사막에 일몰을 마시는 가을이 와 있더라
풍랑에 흔들리는 세월

오늘의 작별에 후회를 하고
아침 햇살이 다정히
풀잎에 내린 이슬을 마르게 하여
달빛 같은 후회를 태우고
뜨거워진 가슴에 불을 태워 새로 줍는다

인연은 만남의 세월

세월을 지나 봐야
꽃이 피는 것을 알 듯
인생도 지나 봐야
고마운 이연인 줄 알게 됩니다

오고 가는 정든 길도
서로 오고 가지 않으면
다시 돌아갈 수 없는 폐허 길
오가는 정든 길이기 바랍니다

인생은 고마운 사람끼리
마음의 파문은 일으켜야
그리운 사람끼리 마음 나누면
마음과 마음의 정든 길을 열어가자

꿈도 희망도 연연으로
서로 마음의 닿으면
행복해지고 기쁨이 오듯이
흘러가는 강물이 같이
유유히 나누는 사랑 만남의 세월로 가자

사랑하는 인생길을 나서자

달빛마저 숨죽여 흐르는 밤
따스한 눈빛이 살고 있다
저물어버린 나의 육신
다 타버리기 전 나의 정신을
생의 화선지에 불러 세워
내 귀한 인생 뒤돌아보게 하자
미련 두지 말자
뒤돌아본 사잇길 달빛 같은 후회를 채우고
내 작은 몸부림은
스스로 혈관을 타고 돌게 하여
백발의 어두운 길에도
이루지 못할 한 자락 꿈을 키우고
어둠 내린 생의 정거장에서
야무진 희망 조각 입질을 하자
근심의 눈길 피해서 가자
살얼음 핀 들길에서 맨몸으로
꽃향기 나는 아침을 맞으며
혼자 꿈길 걸으며
진홍빛 태양이 떠오를 때까지
꿈이 있는 들길로 나서 보자

살아온 들길이 생각나서

지난 세월 굽이굽이
재우지 않은 바람을 등지고
그리움의 조각을 지우고 싶은 일도 많았다
기억에 떠도는 비바람도
허기진 마음 채우지도 못해도
거스르지 못한 세월의 무게를 도도히 흐르게 했다
생각들이 떠오르는 날
씻어도 씻기지 않는 세월의 자국
세월이란 이름은
슬픈 세월의 무게도 희미해져 갔다
상처 없는 사람이 어디 있겠느냐
순간에 걸린 가시도
아물지 않은 아픔은 혼자의 고민이 되었다
살아갈 남은 세월도
들길이든 고갯길이든
지나온 길이 거울 되니
애절한 사랑도 명예도
엉금엉금 하루를 기쁘게 피는 꽃
달빛 창가에 고이 잠든 세월 흐르게 하자

차창에 겨울 햇살이 들 때

겨울 햇살이 창살을 두드릴 때
가슴 움츠렸던
열대식물 가람주가
뜨거운 열애를 하다가
보얗게 차오르는 빛살의 그리움이고
햇살이 필요할 때 피는 이파리
빛살 같은 빛의 수채화
뽀얀 햇살 한 모금에
야윈 몸 비틀어
햇살 한 줌으로 온기를 감돌게 한다
겨울을 그리는 복사 난방
온화한 그리움의 미소고
축복 같은 따사로운 빛의 파도를 탈 때
훌훌 벗어버린 몸짓이
그리움에 눈을 뜨고
사르르 손을 내민 수채화 잎
하얀 나무 천사 귀를 열어 손을 내민다

과거와 결별, 새로운 시작

뛰는 가슴 뒤뜰에서 서성이고
처음으로 돌아가는 미래로
내 마음의 영혼 채울 수 없이 돌아선다

저녁노을처럼 아름답던 시절
뒤돌아볼 여유도 없이
한없는 시간의 나이테만 부석부석 삭고 있다

나의 세월에 미소를 보내고
빈 마음으로 바라보면
화사로운 아침의 연서 달래고 싶은 날이다

하늘에 비가 내리기 시작한다
방황하지 않고 약해지지 않는
푸른 시절의 영광 꿈을 키우는 오늘이 되고 싶다

함께 하고 싶다

많은 사람 중에
느낌이 좋은 사람이 있었다
그 사람의 눈빛은
늘 해맑게 웃음 주는 사람
사려 깊은 배려에
그리움의 뿌리를 깊게 내리고
청춘도 마지막 가지에
그리움을 모아 태울 때
뜨거워진 가슴이 마음을 읽어줍니다
새 둥지같이 달콤한 마음
재우지 않은 바람이
서로 다른 길을 바라봐도
구름에 달 가듯 해도 가슴앓이다
한동안 보드라운 눈빛에
잠재우지 않은 바람에
거스르지 못할 세월의 무게는
도도히 흐르는 세월에
오랜 친구 같은 마음을 편안을 채우고 싶다
셀 수 없는 수많은 날
추억을 붙들고서라도
격식이나 체면 없는 진실
함께 하고 싶은 마음
새털마냥 가벼워진 정 오가고 싶다

마음도 하얗다

초록 그림자
밟으며 살아온 세월
내 마음 넘쳐흐르고
한없이 푸른 날 가슴 태운 그리운 날이다

말없이 찾아온 가을
보이지 않는 나의 실체
세월의 흔적 품어 놓고
당신과 나 여름날 뜨거운 햇살은 맑았다

한결같은 마음
환하게 비춰 준 달님도
추억을 못 잊은 해바라기
알 듯 말 듯 한 하얀 구름이 흘러가더라

사랑은 그리움이다

언제나 그리운 너
내 마음속에 새겨 둔 사람
뜨거워진 나의 마음은
감출 수 없는 그리움이고
고운 자태로 다가온 너
내 마음 안에 그대로 살아있는데
예쁜 한 송이 꽃으로 피어나라
너를 만난 기억의 저편에
채워지지 않은 빈 마음은 그대로
내 마음 닮고 싶은 당신은
언제나 한결같은 자태로
그리운 것은 어리고 조그만 풀잎이다
풍성하게 쌓인 가을 하늘
계곡처럼 깊게 팬 그리움
들판의 풍성함은 나의 마음입니다
사랑으로 다가온 그대
사랑은 아직 식지 않은 그리움
그대 곁에 머물고 싶지만
나의 관심은 별이 되어
무지개색 아름다움은
구름 한 가닥 흘러가는 세월은 그리움이다

사랑을 심고

살포시 날아든 나비
소망의 나라로 날아옵니다
부족하고 가진 것 없어도
남을 위한 기도는 사랑한 마음이다

적막한 밤의 숲은
아무것 줄 것 없어도
강물을 흐르게 하는 원천이어서
밤별이 되어 사랑을 심게 합니다

별이 되어 내리는 밤은
사랑하는 당신의 마음
찬바람 막아주는 옷깃으로
사랑을 채워주는 마음 사랑을 심게 한다

세월도 흘러간다

황혼 속에 떠도는 인생길
세월 속에 묻힌 이름인데
산다는 생의 여정
마음과 마음이 하나로
뒤돌아보니 애증의 세월이었다
흘러가는 세월의 그리움
아련해지는 추억
기억의 강물이 흘러 흘러갑니다
흘러가는 세월 속에
구름 같은 인생길
벌거벗은 세월도
무심이 흘러가는 시간
연무하는 인생길, 푸른 꿈 펼치다가
해 넘는 과정을 안다는 것도
저절로 흘러가는 사계와도
한 줄기 바람에도 눈물을 훔쳤다
세월이 남긴 발자국
애태운 설움의 기억
기쁨을 심고 사랑을 심고
해는 저물어도 아름답게 흘러가 보자

운해를 걷어 올린 호수

아침햇살 머금은 호숫가에
산허리를 감도는 운해
산자락엔 엄마 구름 아기 구름
하늘엔 보름달 호수를 감도네

눈물 젖은 매화 꽃잎 위에
햇살이 비춰올 때
소리 없이 피고 지는 사랑
내 안에 담은 그리움의 흔적
향기 뿌린 꽃잎에 햇살이 흠뻑 젖었다

그리워서 찾아 나선 자리
세월의 강도 따라 흐르고
부평초 되어 부유하다
그 자리에 머문 사랑이여
살아온 세월은 자욱한 안개로 핀다

인생길을 추억하면서

새벽 별 빤짝이는
별을 보고 살아온 세월
이리저리 바람 불어
젊은 날의 기억 속에
찬바람 매섭다고 하여
어둠을 마신 발길이 아른하다
줄기줄기 살아온 익숙함이여
찬바람도 마셔서 보고
한여름, 여름에도 지쳐보고
봄가을 내 인생을 즐기기도 했다
얼마나 더 지켜야
더 그리어서 해야 했는가
봄이 익어가는 내 인생길에
이제야 늦게 찾아온
연초록 봄이 한꺼번에 찾아올 줄 몰랐다
퇴색해 버린 추억의 빈자리
묵언으로 영혼을 짜 집고
인생의 변두리에서
고요히 부드럽게 흘러가는 세월
삭힐 것 삭히는 삶
생의 진리를 배우는 자리 계절 속 위로가 되고 싶다

흘러가는 삶 속에

당신을 만나
이토록 올해 살아온 삶
초록 그림자 밟으며
바람이 불면 바람에 흔들리듯
나도 넘어질까? 허리 굽혔다

어머님 품 같은 너의 가슴
포근하여 가슴에 안기어
매화 향기 발길 멈추듯
별빛 노을 그리움 새긴 마음 녹아들었다

주저 없이 살아온 세월
사계의 낮과 밤
아직 움직이는 수레바퀴
내일의 기약은 하얀 미소가 길 위에 있다

6부

내 마음은 가을이다

사랑한 한 시절

그대 향내를 맡으며
살아온 내 세월이 화신(化身)으로 미소 짓고
불신으로 아파한 세월도 깊어갔다
마음은 만질 수 없는 안타까움
달빛에 젖어온 싸늘한 사랑
안타까움에 보내진 세월
오라 하지도 가라 하지도 못해 가슴 태웠다
부재한 연민의 정도 거부한 사랑
모질게 그립고 아파한 세월
내려놓지 못한 사랑은
날이 저물도록 꽃잎은 피지 못했다
비워진 내 마음
사랑의 향기가 솟아나는
네온 빛 찬란히 빛나는 밤
가슴 억눌린 채 가슴 태우고
남몰래 품어 온 사랑 못다 핀 매화 꽃잎
내 시력의 범주 안에서
순수한 꽃으로 자랄 사랑은 가고 말았다
세월은 나를 떠난 어둠을
부서지는 밤을 벗어나도
비단 같이 찬란한 심장
사랑한 시절 못 잊은 세월도 가고 말았다

내 마음은 초록이 되고 싶다

봄빛 내린 언덕에
매화꽃 피고
꽃 진 자리 파란 씨알 하나 크고
봄바람에 일렁이는 초록 잎 춤을 춘다

숨결로 불어오는 바람에
푸른 잎 활짝
나비 부채춤 팔랑이는 이파리
갈구하는 봄 햇살에 싱그러운 눈길이다

나를 키워온 이 땅 침묵
작은 불씨 하나 피우지 못해
절룩이며 살아온 세월
샘처럼 솟아나는 초록 마음이 되고 싶다

진도 해안 성에서

하조도를 바라보는 해안 성
너의 이름을 불러주었을 때
갈매기의 아웃 성이 내게로 온다

잊히지 않는 눈짓은
썰물을 이끌고 온 갈매기
백사장에 뿌린 갈매기 울음소리 드높다

게 구멍의 햇살이 비칠 때
집게발 하나가
노을을 물고 힘찬 걸음을 한다

해안선의 파도의 뿌리는
매서운 계절의 채찍에 따라
아우성의 깃발은 흩어지는 노을빛이다

별빛 같은 아침이슬

어둠을 안고
풀잎에 내린 아침이슬
맑게 반짝이고
아침을 밝히는 하늘에
어둠을 잠재우는 아침을 만납니다
사무치는 그리움의 하늘
밤새 반짝인 너의 얼굴
작은 바람에도
그렇게 흔들리는 아쉬움
풀잎이 휘어지는 단상은
가슴 뛰는 너의 슬픔을 떨어뜨린다
별빛이 쏟아진 창가에
묵언의 침묵이 흐르고
영글어 가는 빛의 사랑
뜨거운 사랑별 눈시울을 적셨다
황량한 바람 소리에 청렴함이여
연한 듯 부러지지 않는 강함이여
맑고 투명한 술잔에
사랑과 우정을 담고
슬픔 눈물을 태우기 전에
궁핍의 시간을 탄식하지 말자

아! 8월은 갱년기다

건드리면 폭발할 것 같은
감정을 삭이는 성숙한 달
말복 입추 처서를 지나
생각이 마구 극성스럽던 더위도
치솟던 분수대 물이 떨어지는 것처럼
되돌아보며 주저앉고 있습니다
이제는 성숙을 위해
성장을 멈추어야 하는 때를 아는 것처럼
뻣뻣하던 벼 이삭도 고개를 숙인다
꽃 필 때가 있으면 꽃 질 때도 있듯이
오르막 다음은 내리막
밀물 다음은 썰물이
서로 만나 정점을 이루는 곳
8월은 불타는 땅 거친 바람도 다독여 고개 숙이고
가뭄과 수해지구에 의해
시장에 나온 상처 입은 과일들
기도할 줄 아는 생의 반환점이다
코로나로 잠식된 우리는
엉망진창인데 세월은 흐르고 있다
버릴 것은 버리고 챙길 것은 챙겨야 한다고
무심도 흘러가던 날들이
좋은 날 오겠다고 기대에 안기니

창가에 기대앉아
모닝커피 한 잔 쓸쓸한 한 모금
우리 모든 시련에도 가렵니까?

세월 속 너와 나

오라 하여 만난 너
어느덧 세월의 흔적들이
낙엽 날리는 저녁노을에
꽃피는 갈대 속삭이는 것은 울음이다

세월의 꽃대 위에
맴도는 수많은 이야기
서럽도록 불꽃으로 피우고
그리움이 더해가는 그대를 사랑합니다

가을이 추억으로 빛나
푸른 미래가 희망으로
행복이 머무르는 어느 날
사랑한 색깔이 한층 싱그러워집니다

겨울은 세월을 붙잡고

하늘에 떠도는 구름이
세월을 몰고 하늘을 유유히
느린 발걸음으로
햇살 한 자락 밟으면서
예정된 길을 걸어갑니다
세월은 가까이 있을 줄 알았는데
가버린 세월 아쉬움인가
하얀 세월의 존재는 피조물같이
너무 멀리 많이 지나온 세월에
자연의 순리 따라
쉼표 하나 찍고 가는 길
마지막 불길 활활 태우고 가는 길
삶의 뜻을 소중히 깨우치고
자정의 바람이 불어와도
손가락만 움직이면 다시 이어지는데
쉽게 찾을 말 하나
마음에 담아두기 어렵구나
낙엽 속으로 쉽게 흘러가는
모든 이야기
겨울이 되어 하얀 새가
머리카락 모양이 바뀐 이유를 알아간다

가을은 간 자리에

꽃 진 자리 열매가 익어
가을은 깊어갈수록
다 거둬들인 텅 빈 들녘
붉게 태운 해 질 녘 노을이 차갑다

단풍잎이 떨어진 자리
가슴 태운 그리움을 안고
눈물겨운 마음의 한 자락
받은 씨눈 하나의 흔적 뚜렷하다

계절의 흐름을 알면서
바람 흔드는 은빛 갈대
가을 끝자락 길을 걸어
가을 이름 부르는 소리 아련하다

애틋한 홀로 사랑이여
거스르지 못한 세월의 무게에
향기로워 눈물짓던 자리에
눈물짓는 세월의 자리는 그대로다

가을로 가는 길목

가을 햇살이 몰고 온 바람이
하늘의 얼굴을 씻어
파란 하늘에 뭉게구름이 흘러간다
싱그러운 바람 하나가
누렇게 세월을 삭히고
자유로운 세월도 정겹게 흘러간다
하늘에서 내린 아침이슬에도
풀잎에 눈물 훔치고
서러워 보내는 여름은 그리움이다
아침에 내린 신선함은
한때 푸른 영광의 자리에
거부할 수 없는 들국화에 등불이다
여름내 청춘을 꽃피우고
거두는 열매 시선에 닿으니
나뭇가지에 걸려 풀 향기 뿌린다
세월을 따라 떠도는 유랑별
달빛 같은 후회를 채우고
아스라이 비껴가는 세월은 저문다
여름에서 가을로 가는 기별
푸르게 정겹게 흘러가던 세월
가을로 가는 세월의 길목에 서 있다

가을이 익어간다

무성한 나뭇잎 늪에
가을색으로 물들기 시작
우리 마음에도 곱게 물이 들어간다
서걱거리는 들판에 부는 바람
은빛 억새 머리 휘날리고
가을에 나뭇잎새 피를 말리고
신선한 바람 앞에
사랑한 잎새 물이 발갛게 들어
계절의 서러운 울음에
흘러가는 시절도 나이 들어
한여름 꽃 진 자리
알알이 익어가는 사랑의 열매 맺고 섰다
갈대꽃 흰머리 조용히 흔들어
나누어 줄 것 많다는 듯
가을이 익어 나뭇잎 떨어지는데
이별하는 가을의 서정
가을 억새 출렁이는 가슴
가을 햇살에 울긋불긋 세월에 취해
주름져 여위어 가는 숨소리 그리움이다

시월에는

높고 맑은 하늘
습기를 말리는 한 자락 바람이
골고루 숨결을 나누고
소리 없이 왔다
쏜살같이 가는 구월
가슴을 출렁이는 바다가 되기도
깊은 산골짜기
고즈넉한 노을이 되어
작은 떨림으로 흐느끼다가
바람결에 물결치는 단풍잎
다 뿌리고 난 다음
한결 가벼워졌다고
예쁜 추억의 단풍은
시월의 여정은 비우는 넉넉함이다
하얀 구름은 얼굴을 가리고
마음이 익어가는 계절
삶의 비밀은 결국 혼자
다 내어주고 가진 것이 없다는 것은
새로이 시작하는 다음은 시월
낙화 이랑에 내린 달빛이
꿈에 다녀가신 듯 애잔한 늦가을 바람이 일다

나의 문수 십여 년 세월

청청한 세월도 어느새
등 굽은 허리는 이골나고
어느새 발걸음 갈팡질팡
아무도 알아주지 않는 세월을 지피고
노년을 즐겁게 건강하게
스스로 즐길 수 있게
사랑의 눈길 머물게 해
십여 년의 세월 별빛 내린 문수의 세월이다
동행의 문수 집에서는
역사의 수레바퀴 돌고 돌아
들국화 샛노랗게 웃음 웃게 하는
따사롭게 사랑으로 보듬어준
세월의 뒤안길 위에
문수의 쉼터에는 사랑을 배워 채웁니다
높고 낮음이 없는
별빛 내린 정거장의 향기
언제 누구라도 기다리는 집
매일매일 웃음을 갈아입혀 주는 집이다
밝은 미소 눈 부신 햇살이
꿈꾸게 하는 문수 복지관
주는 생수는 목마르지 않게
과하지도 부족하지도 않아
문수 복지관을 감사로 마음 담아봅니다

마음의 향기

마음의 깊은 곳에
자기만의 향기를 발하고
긍정이란 씨앗 뿌려
사랑 꽃향기 피우는 마음이다

아침에 내린 이슬이
파란 하늘이 여울져서
싱그러운 아침 이슬
내 마음은 온화한 봄날 향기 되리

부드러운 마음 밭에
진실이란 사랑의 집을 짓고
믿음이란 기대를 세워
내가 있는 자리에서 감사 향기 피우리

머물다 가는 인생길

우리 인생도
세월이 가면 낙엽 지듯이
어디론가 흩어진다
잠시 머물다 가는 인생
후회도 아쉬움도 많겠지만
떠나야 하는 나그넷길
흘러 흘러가는 인생길 위에
잠재우지 않은 바람을 지고
가슴 저미는 슬픔을 집어삼켰다
고운 자태로 수줍게 핀 꽃
공허한 빈 마음에도
세월도 구름도 애처로워 아프다
흘러가는 길
잠시 머물다 가는 길에
행복한 사랑도
거부할 수 없는 삶의 길
강물 되어 흘러가겠다
계절은 돌아오지만
세월의 한편에 나를 던져
영원한 세월의 뒤편에서
빈 마음 바라보니
알 수 없는 홀로 길이다

바람이 숲을 흔든다

바람이 불어오고
길을 낸 나무숲 길에
숨 가쁘게 솔 향기 날리고 있다
새소리 들려오고
흔들리는 달맞이꽃들이
숨찬 바람에 몸을 흔들고 섰다
몰래 부는 초록 바람
억새를 헤집고 서서
바람의 목소리도 숨차다 목이 쉬었다
한평생 기울게 집을 업고
구절초 아래 가지에
고개 갸웃거리는 달팽이
꽃망울 터지는 소리를 엿듣는다
가느다란 몸매 낮게 엎드려
꽃대 바람이 흔들린다고
바람을 원망하다
숲이 주는 고마움을 알아 챙기고 섰다
바람은 숲을 흔들고 서서
숲의 고마움을 모르고
제풀에 지친 바람에
흔들리던 숲도 그리움에 잠을 청한다

부부는 젓가락이다

밥상 위에 젓가락처럼
똑같이 가지런하면 행복해진다

짝짝이 젓가락으로
아무리 좋은 음씩을 먹을 수 없듯
마음이 맞지 않으면 행복해질 수 없다

한쪽이 길거나 짧으면
딱 맞추어야 젓가락이지
삶의 인생길에 행복한 부부로 살 수 있다

마음도 딱 맞추는 부부는
밥상 위에 젓가락 같은 부부
맞추어진 젓가락은 행복으로 가는 길이다

부부는 짝 맞추는 사랑
가정의 평화와 행복은 한 마음
맞추면 천상의 행복해질 삶의 길이 열린다

하얀 찔레꽃 울 엄마

울 엄마 찔레꽃
머리에도 가슴에도
하얀 찔레꽃 같은 울 엄마

하얀 찔레꽃 향기
벌 나비 무리 지어 춤추고
입맞춤하는 꽃향기 짙은 사랑이다

그리움이 밀려오는데
햇살이듯 쏟아지는 옛사랑
달도 별도 지쳐 잠든 저녁은 슬프다

그리움이 물결치는 소리
귀를 열어 가까이 두고
그리운 강물이 되어 흘러가고 있다

바라보는 나의 찔레꽃
저마다 향기로 가득 차
다독여 주는 울 엄마 찔레꽃 눈물이 난다

홀로 나선 길에서

호수 공원 홀로 나선 길
구름 낀 하늘에는
서산마루 어둠이 서려오는데
마음은 언제나 허기져 있고
삶의 시장기는 맨발로 길을 서두른다
마음은 언제나 어두운 그믐밤
변덕은 심통으로 오고
숨조차 고르지 못한 절박의 심정이다
맞닿은 삶의 본질은
속 썩이는 홀로 길을 떠돌고
그립던 꽃바람 향기 가슴에 닿았다
가난한 마음 채우려 하지 않고
긴긴 삶의 여정을
절룩거리는 삶 가슴에 묻었는데
생각은 노을로 앉아
궁핍한 한탄의 세월에 길을 가고 있다
달처럼 환한 얼굴 밝혀
달무리 진 꽃길을 밟아
황혼에 짙은 세월의 반석 위에 돌아눕는다

우리는 함께하는 마음

내 마음은 언제나
당신 곁에서 있는
푸른 물결의 싱그러움입니다

아름다운 인연으로
향내 나는 내 삶에
낮은 가슴 노을의 그리움입니다

새겨온 마음의 정
느낌으로 보아
가슴에 흐르는 달빛은 온화함입니다

사랑으로 만난 인연은
아끼고 채워주는 사랑
삶의 보람이 쌓이는 나이테 여로입니다

함께 해서 즐거움이
젖어오는 당신의 마음
밤새도록 차오르는 그대의 정 사랑입니다

하늘에 나의 어머님

하늘에 가신 지
오랜 세월은 나 그리움입니다
어머님의 세월
언덕길에 하얗게 핀 억새가
머리 흔드는 슬픔
어머님이 떠난 자리에
매년 이때쯤 바람을 맞고 자라고 있습니다
그 누구에게라도
목마름에 주저 없는 보살핌은
어머님의 열두 치마폭에
사랑을 휘두르는 마음을 따르려 합니다
어머님의 마음은 언제나 따뜻하여
눈물로 지어버린 울 엄마
해가 가고 또 저무는데
어머님에 얼굴도 아물아물
행여 꿈에라도 오실까
보고 싶어 기다렸는데
바닷물이 다 마르도록 그리움에 사무치는 어머니
그리워하는 이 소자
어머님이 가신 강도 눈썹에 아롱거립니다
사랑하는 나의 어머님
불러봅니다

7부

시는 나의 전부다

포용을 배우게 하는 사람

-B·S·G

봄바람이 얼음을 녹이고
비바람이 우산이 되어 드리는 사람
아름답게 꽃을 피우게 하는 사람
숨결 같은 당신의 침묵이
세월을 삭히고 거름이 되어주는 사람입니다
곁가지에 핀 꽃
바람에 다칠까 봐
우리 안으로 잡아주는 당신
진심과 자존심 앞에
지혜를 가르치는 당신
당신은 무릎을 꿇어 용기를 가르쳐 줍니다
네 탓 내 탓의 바람에도
마음을 붙잡아주는 마음 앞에
인생의 지혜를 가르치는 당신은 사랑입니다
당신을 꽃향기라 부르고
온유한 꽃으로 부르는 당신
세월 속 당신의 그림자는
숨죽여 우는 바람이 되고
가는 발길에 꽃향기 뿌려
모두가 향기로 살게 하는 당신입니다
당신의 마음은 언제나
버들가지 아름다운 몸짓이
낮은 자리 사랑을 베푸는 사랑의 세월을 존경합니다

봄의 서정

어젠 눈 속에서 핀 매화가
나비 되어 춤추고
땅속에 봄의 씨앗이 움틀 때
얼음 밑에 졸졸 흐르는
물소리 엿듣게 하고
나무껍질 속
수액이 흐르는 봄
잿빛 하늘은 우울한 하늘
짙은 먹구름은 낮게 깔고 흘러갔다
겨울, 내 시린 시련을 넘어
빨갛게 피는 동백 꽃송이 바라봅니다
멈추었든 시린 겨울
참아낸 계절의 겨울
죽음 속 새 생명이 솟고
우리의 인생도
봄 강물에 희망 띄우는 소리
갈 길은 바쁜데
서산마루에 걸친 달
계절의 봄은 오고 있어
인내한 겨울은
멈춤 없이 천천히
힘 쏟은 뒤 봄은 오기 마련이다

가을이 익어간다

서늘한 가을 기운
가을 색으로 물들기 시작
우리 마음에도 곱게 물이 들어간다
서걱거리는 들판에 부는 바람
은빛 억새 머리 휘날리고
가을에 잦아든 잎새 피를 말리고
신선한 바람 앞에
사랑한 잎새처럼 물이 들어
계절의 설움에
흘러가는 시절도 나이 들어
한여름 꽃 진 자리
알알이 익어가는 사랑의 열매 맺고 섰다
갈대꽃 흰머리 조용히 흔들어
나누어 줄 것 많다는 듯
가을이 익어 나뭇잎 떨어지는데
이별하는 가을의 서정
가을 억새 출렁이는 가슴
가을 햇살에 은빛 향기
낮게 깔린 숨소리도 가슴을 품었다

고마운 사람과 같이

조용한 동해바다를 바라본다
향긋한 바다 밥상에
스스로 마음을 내어주는 향긋함이여
내 생각이 머물 때
하나 되는 보드라운 눈빛은
너를 향해 붉어진 마음이 되고
손가락 집어본 세월
두근두근 가슴 뛰는데
기억의 강은 이름 불러오고
뻐꾸기 울고 가는 노을에
향기로운 햇살도 가득
삶의 조각이 너덜너덜
얼룩진 삶의 부스러기 새살을 깁고 붙였다
사무치는 삶의 그리움
출렁이는 정자 파도에 눈물을 씻어
뜨거워진 가슴에 작은 불씨 하나 지폈다
올올히 각인시킨 오늘
도도히 흘러가는 세월의 자국
나의 보드라운 눈빛으로
향기로 가득 찬 추억의 강물 흘러가게 했다

그대 사랑의 힘으로

내 마음이 머무는 자리
항상 그대 곁에 있고
함께 해준 시간이
뽀얗게 피어오르는
봄의 햇살에, 갈채 속에 살아갑니다
걸음걸음이 재충전으로
살아가는 세월을 붙잡고
언제나 한결 같은 자태로
새털 같이 가벼워진 삶의 익숙함입니다
봄을 사랑한 이름
당신은 언제나 내 가슴 속에
무서운 힘을 넣어주고
하루해가 저물어가니
별빛 흐르는 밤을 지나
부드럽게 흘러가는 강물의 진리를 배우게 합니다
따스한 마음의 손 꼭 잡고
마음에 담고 싶은 당신
한결같은 마음은 사랑의 자리입니다
아지랑이 피어오르는 봄 속에
가슴에 파고드는
등뼈 깊숙이 우러나오는 힘을 모아
토닥토닥 달래는 손길이 되어 드리리다

나의 그리운 사람

내 마음 안에
그리움으로 다가온 사람
내 마음은 언제나 하얀 백지
그대 고운 마음씨에
밀물처럼 밀려와 그리움 남길 때
내가 숨긴 가슴에 초라함이여
노을에 잠긴 내 얼굴은
마르고 타버린 내 마음
한 줄기 바람으로 사라지는 허전함이여
외로운 나를 이렇게 흔들어 놓고
알 수 없는 너의 미소
고백할 수 없는 내 마음
밤이면 별빛이 내리는데
별빛은 어둠을 뚫지 못하는 밤
시간을 헤아리는 내 슬픔
위안이 되는 보람의 세상
산을 넘는 벅찬 내 인생길
너에게로 가고픈 나
가슴에 묻고 살 수 있는
네 마음에 스며들고 싶은 것을 어찌하랴?

바람의 세월

봄볕에 씻어 말리면
풀빛에 물 뿌려서
수줍고 여린 꽃잎에 햇살이 머문다
봄볕에 사무친 그리움
이슬 맺힌 꽃잎도 피고
눈물 말린 세월 사랑하게 됩니다
낯선 바람 불어와도
저마다의 다른 모습이지만
뒤따르는 햇살의 가늠자로
그리움으로 지핀 세월
목말라 애원도 연연치 않았다
세상은 있음도 없음도
정겨운 세월도 때가 되면
여운(餘韻) 없는 마음은 꿈꾸는 세월로 간다
자욱하게 안개 낀 모습
흐릿하고 메마른 탄식의 그리움
하염없이 바라본
바람의 세월이 그리움만 지핀다

흘러가는 삶 속에

당신을 만나
이토록 올해 살아온 삶
초록 그림자 밟으며
바람이 불면 바람에 흔들리듯
나도 넘어질까, 허리 굽혔다

어머님 품 같은 너의 가슴
포근하여 가슴에 안기어
매화 향기 발길 멈추듯
별빛 노을 그리움 새긴 마음 녹아들었다

주저 없이 살아온 세월
사계의 낮과 밤
아직 움직이는 수레바퀴
내일의 기약은 하얀 미소가 길 위에 있다

벚꽃길 가면서

호수 변의 가로수 백의 꽃
순백의 향음으로 날갯짓하는 꽃이여
실바람 타고 설레는 가슴
유혹의 벚꽃 길
한 잎 두 잎 웃음 짓다
천사의 날개가 되어
바람결에 흩어지는 그리움
연둣빛 하얀 입술에
포개진 멍울진 그리움이여
임의 향기 날릴 때마다
쓸쓸한 외로움이여
한 송이 꽃이 되어
웃어주는 내 마음에 별이여
싱그럽게 피어나는 향기
사랑을 축복하는 꽃 잔치
벅찬 가슴 환희를 느끼는 봄
별처럼 찬란히 빛나고
활짝 웃음 주는 미소
너와 같이 알몸으로 날아가고파 하늘로 날자

봄빛에 그슬린 사랑

살랑대는 봄바람에
늘어진 수양버들 춘심을 풀어내고
간지러운 봄바람 불어
부드러운 햇살에
애무를 받게 한 진달래꽃
차곡차곡 띄운 그리움에 사랑
달빛 내린 이슬방울
여울져 떠나지 못한 사랑
쓸쓸한 바람에 나부끼고
호수 변 샛노란 개나리
조각조각 가슴에 피어
그리움에 눈물이 흘러내립니다
저녁노을 흐리게 뜨고
별빛이 내리면
가로등 불 밝힌 그리움
빈 가슴에 저녁 바람 스며들더라
그대 보낸 차가운 외로움이여
눈물에 젖은 그대
그리움도 내 맘 같으려니
그슬린 사랑 봄빛에 눈물로 깊어간다

봄의 길목에 서면

매서운 바람을 몰아내고
취한 듯 일렁이는 매화 꽃잎도 보고
봄바람에 커가는
벚꽃 몽우리 자태는
따스한 온기를 머금고
꿈꾸는 사랑의 꽃망울
햇살 내린 봄 사랑을 헤집는 시기다
먼 하늘에서
비쳐오는 봄 햇살로
하늘의 예시로 커가는 벚꽃
동쪽 하늘 달빛 내리고
봄을 맞이하는 멈추는 쉼표 하나 던졌다
꾸물거리는 하늘의 그리움
안개 자욱한 하늘가에
이슬 같은 눈물 남기고
만리장성 같은 내 사랑의 벚꽃
밤이 되어 별빛 내린
나뭇가지 옷소매에 영화 빛이 내린다
너의 완숙한 매력에
하얀 눈썹달 뜨고
새하얗게 웃음 짓는
하얀 하늘 구름 두둥실 봄꽃 그리움이다

어느 불자 글에서

풀잎 같은 인연이라도
잡초라고 생각하면 미련 없이 뽑을 것이고
꽃이라고 생각하면 알뜰히 가꾸게 될 것이다

우리의 만남으로
꽃잎이 햇살 보고 웃는 것처럼
나뭇잎에 바람이 춤추는 세월로 간다

일상이 잔혹한 기쁨으로
서로에게 행복의 이유가 될 수 있다면
인연이 설령 영원하지 못할지라도

먼 훗날 기억되는
순간까지 변함없는 진실한 한 떨기
꽃처럼 아름다우면 합니다

會者定離 去者必返 生者必滅
회 자 정 리 거 자 필 반 생 자 필 명

만남이 있으면 헤어지게 마련이고
떠난 사람은 반듯이 돌아올 것이고
태어난 사람은 반드시 죽는다

봄이 오는데

한겨울의 뒤안길에
새움 트는 반가운 삼 월이오면
산 능선에 붉게 핀 꽃술
파랗게 봄을 맞는 입술이 시리다고
봄 바람길 나섰더니
봄볕의 애무와 속삭임에
재우지 않은 바람이
벌써 정갈하게 몸을 씻어
찾아드는 봄볕에
나지막하게 무릎 꿇어
스스로 가슴을 내어주는 들판
내 마음에 거울처럼 비쳐 들고
봄빛은 강물로 흘러들어
도도히 흐르는 강물 봄이 되어 흘러간다
다시 돌아온 포근한 봄
곰솔나무는 연연히 청청한데
머리에 내린 흰 눈은
봄바람이 불어와도 녹을 줄 모른다

사월의 햇살

사월의 햇살이 내려앉은
살구꽃 그늘에
풀빛 물 뿌리면 겹 지는 이맛살이 야속하다
봄 햇살 포근히 창가에
다가와 미소 지으면
마음의 창문이 열어 곱게 물이 들어갑니다
여린 새색시 포근히
고운 자태로 다가와
살포시 입 맞추면 내 마음을 어루만져 줍니다
연분홍 봄꽃 피는 사월
예쁜 사랑의 꽃 피고
벌과 나비 서로를 불러 사랑을 속삭인다
살랑바람 불어오는 봄바람
사랑의 향기 불어오고
여유로운 마음 행복과 기쁨이 넘쳐흐른다
고운 꽃향기 새싹 냄새
거친 바람에 숨 몰아쉬는
사랑의 흐름을 알면서 눈방울 점점이 수놓았다

사랑하는 당신

당신이 말할 때
기쁨이 넘쳐흐르고
당신 입술에 즐거움을 심어
지난 세월의 기억은 그리움으로 찼다

사랑한 당신의 마음
샘솟듯 그리운 사랑이여
파랑새 울던 시절의 기억
달려온 세월 귀 기울이지만
뜨거운 사랑 불빛에 태우다 진다

사랑하는 당신의 마음은
밀려오는 사월의 햇살
별빛 내려앉은 창가에
당신의 눈총이 빛날 때
밤새 빤짝이는 그리운 별이 됩니다

선암 호수에 핀 수선화

수선화 꽃 피었다
잡초 풀 걷어내고
옹기종기 모여 핀 수선화
꽃핀 언덕에
노란 나비 훨훨 날아
밝고 예쁜 노란 꽃으로 피고
한겨울 세찬 바람
비바람에 맞서서
공허한 가슴 푸른 청솔 바람이 흔든다
지친 몸부림에 사랑
노란 나비 되어
청산에서 아름다운 춤을 춘다
찬바람에도 흔들지 못해
외마디 비명은 살얼음 깨고
황폐한 가슴은 꽃술마다 이슬 맺히네
눈에 담고 싶은 사랑
말없이 하염없이 바라보다
자욱하게 안개 낀 모습 흐릿해도 기쁘다

정겨운 삶의 향기

눈길 마주한 아침
벅찬 너의 눈길 때문에
내 마음 젖게 하여
노을처럼 붉어진 뺨이 뜨겁게 달구었다

너를 만난 이 아침
내 마음이 행복해
너의 따뜻한 성품 때문에
행복한 밑그림을 그릴 수 있었다

그대와 같이한 아침
맑고 향기로운 영혼은
사랑의 씨앗은 희망으로
소중하게 피어날 아름다운 사랑입니다

가슴에 숨은 아침
은하수 녹아내린 가슴
옛 기억의 가랑잎 같아
눈동자 입술을 찍고 홀로 지새운다

선암 호수에서 만나
2020년 6월 어느 날